手記・空色のアルバム

Haruko OhtA

太田治子

P+D BOOKS
小学館

目次

手記——十七歳のノート

軽井沢で瀬戸内晴美さんに、初めてお逢いしたのは、昨年の八月であった。瀬戸内さんは、父の事を小説に書くため、私に軽井沢に来るように、おっしゃって下さったのだった。瀬戸内さんは想像していたより、ずっと優しい方だった。それで、なんだか身内の方のような気がして、私達母子の今までの生活をいろいろお話しした。

瀬戸内さんと、お昼をレストランでとっているところへ、偶然、新潮社のSさんが入っていらっしゃった。Sさんと私は、初対面であった。

軽井沢から帰って、一ヵ月たったある日、私のところへ一通の手紙がきた。Sさんからである。私が育ってきた今までのことを、書いてみないかということだった。私は、今十七歳の高校二年生である。文学というものを、知らない。文章を書ける自信もない。それでもいいと、Sさんはおっしゃった。さらに瀬戸内さんからも激励の手紙をいただいた。私は、真剣に書いてみる気になった。母にこのことを相談すると、

「あなたに、書けるかしら」

母は、むずかしい顔をしたが、しばらくすると、今度はやさしい顔になってこう言った。

「アルバムを、参考にして書いてみたら」

私が生まれた時から、中学二年までのアルバムである。表紙の色は、母と私の好きなブルー

である。父は、濃いブルーが好きであったという。

アルバムの第一ページには、数枚の父の写真と、父の生家の写真が貼ってある。これらの写真は全部、母にとって意味のある写真だということである。一枚の父は太っていて、いかにも健康そうである。太い眉に皺を寄せているにもかかわらず、笑っている。これは、母が最初に読んだ『虚構の彷徨』の口絵に載っていた写真だという。その隣の父は、久留米がすりのような羽織と着物に、袴をはいている。初めて父と母が逢った年の翌年の写真だということである。父と母が、初めて逢ったのは、昭和十六年の初秋、太平洋戦争の勃発する直前であった。母は一度結婚していたが、折角もうけた子供を病気で失い、夫とはすでに別居していた。その子供は生まれつき体が弱かったのだが、死んだ原因が、夫を愛していなかったことにあったと思い、その罪の意識で、母は夫との別居にふみ切ったのであった。離婚してから、母は、死んだ子供のため、告白の作品を書こうとしていた。その夏に、母は初めて父の『虚構の彷徨』を読んだのだった。母は、その最初の数行に、心から感動した。「僕はこの手もて、園を水に沈めた」その父と同じように、自分もまた、子供を死なせた。そう思うと、この言葉が心に焼きついて、離れられなくなったという。そして、どうしても、この作者を人生の師として仰ぎたくなったのだという。母は、自分の気持を短い文に託して、父の許へ送ったのだそうだ。父から折り返し、遊びに来るようにという返事がきた。それは母にとって思いがけないことで、たまらなく嬉しかったのだろう。父の手紙を胸に、母は近くの草原を歩きまわったという。折からその日は日蝕で、あたりがほの暗かったということを、母は繰り返し私に話してくれた。数日後、母は、二人の文学少女の仲間をさそって、三鷹（みたか）の家を訪ねた。それ以来、父と母はときどき東京駅でおちあい、新宿などを歩いたり、映画をみたりしたそうだ。

それから一年たって、袴をはいている写真の頃、母は「告白の作品」はもう書けないと思い、「書けなくなった私は、先生とお別れしなければなりません」という手紙を父に送った。しかし別れることは出来ないまま、昭和十八年の初冬に神奈川県の下曾我へ疎開した。父は翌年のお正月に下曾我を訪ねている。そして戦争はいよいよ激しくなった。父の一家も津軽へ疎開した。

終戦になった年の暮れ、母の母が死んだ。半年ほどして、母の弟の通（とおる）叔父ちゃまが南方から復員してこられ、ほっとした途端、叔父ちゃまは結婚して東京へ行ってしまい、母はまた、独りぼっちになった。母は津軽の父へ、終戦の翌年の九月に相談の手紙を書いた。それを契機としてまた、父と母の文通は始まった。これが『斜陽』という作品の素材になり、その記念に、父の生家の写真が貼ってあるのだった。

二十一年の暮れに、父の一家は上京し、父は次々と作品を書いた。翌年二月になって、梅が満開の下曾我へ、父は来たという。母は、自分の日記、心のすべてを、父の書こうとする小説に投げだして、その作品の中に、自分を見いだしたいと願ったそうである。私が生まれたのは、父が『斜陽』を書きあげて、しばらくたってからであった。

頁をめくって、すぐ目にはいるのは、城前寺の石段の傍に坐っている母とああちゃんの写真である。（ああちゃんとは、母の女学校時代から母の家にいて、それ以来、母にいろいろと親切にしてくれた人である。本当の名前は、柏岡美恵子というのだが、私はどうしても、ああちゃんとしか呼べない。母はお乳が出なかったので、私はああちゃんのお乳をもらって、大きくなった。私の第二のお母さんである）二十二年の晩秋に写したものだという。二人共、お腹が大きい。その直後、十一月十二日に私が生まれた。ああちゃんの赤ちゃん、繁ちゃんが生まれたのは十二月の中旬だったそうだ。私が生まれた夜は、戦後まもないので、電灯がついたり、消えたりしていたそうである。お産婆さんとああちゃんの励ましの中で、私は生まれたのだそうだ。母に言わせると、生まれた時、私は、そら豆のような顔をしていたという。生まれる前、母のお腹の形からして男の子に違いないと、お産婆さんや近所の人達からいわれていたので、母は男の子の着物しか用意していなかったそうである。それで、私はしばらく、男の着物ばかり着せられていたという。父は、私に「治子」という名前をつけて下さったが、私が生まれてから、下曾我へはきて下さらなかったそうである。一度でも、逢いにきて下さっていたらと、私はいつも思う。同じ頁に、当時、一緒に暮していた母の上の弟の武叔父ちゃま、もう一枚、ああちゃんが、お婿さんの柏岡さんと石に腰掛けている写真がある。

　次の頁を開くと、私の写真が何枚か貼ってある。昭和二十三年の正月、生後二ヵ月の写真は、毛布にくるまって、今にも泣き出しそうな、うっとうしい顔をしている。ベビー帽をかぶり、気の強そうな顔をしているのは、生後三ヵ月の時のだそうだ。縁側で、和服姿の母に抱かれているのは、初節句の写真であるという。傍(かたわ)らに、クマのプーさんのような縫いぐるみがある。この熊が、私の唯一の友であったのだろうか。その熊は、下曾我を去る際、行方不明になってしまったそうだ。その頃、父は『人間失格』を書いていたという。母は、父からお金を送っていただいて、のんびりと私を育てていたそうだ。東京へ行くことがこわくて苦しかった母は、別天地のような下曾我で、私を太陽のように明るく育てようと考えていたという。いま母は、あの頃、平気でお金を送っていただいたことを思うと、重い気持になるといっている。六ヵ月の時の写真は、城前寺の庭で、父が亡くなる十日前に写したものだという。母はこれを焼き増して、東京の父へ送ったそうだ。私を抱いた三十四歳の母は、まだ若い。私は頭を坊ちゃん刈りにして、からっきし男の子のようだ。私は欲張りだったので、繁ちゃんのおかあさんの、ああちゃんのお乳を飲みながら、右手でもう一方のお乳を、繁ちゃんが飲めないように、しっかりと握りしめていたそうだ。よく太っている。生後八ヵ月、十ヵ月、欲張りだった私は、元気に育っていたという。この頃から、私は、「ハボタン」と呼ばれていた。最初母は、私が男の子のようだったので、ハル坊と呼んでいたが、それが、いつしか「ハボタン」になっていたのである。

初めての誕生日の写真、私は見違えるように大きくなっているが、泣きべそをかいている。おめでたい日に、どうして泣きべそをかいたりしたのだろうか。その頃、親身にお世話してくださっていた尾崎一雄先生のお嬢さんの圭子ちゃん、ああちゃんの長男の好ちゃん、それに繁ちゃんがいる。一歳から二歳にかけての写真は、どれも負けん気の強そうな顔をしている。この頃の私は食いしん坊だったらしく、物を食べたり、握ったりしている写真が多い。満二歳の誕生日の私は、母の膝の上で、ぐったりとしている。写真の下に、母の字で、消化不良中毒症直後と書いてある。病気になった原因は、食べ過ぎにあったらしい。母は当時、小説を書いていたそうだ。一生懸命書いていたというその小説は『あわれわが歌』であった。そしてそれは題名通り、あわれな結果となった。それを書いた後、生活は全く行き詰まったのだ。母は小説も書けなくなり、手当り次第、物を金にかえていった。そのうち母は大病になった。大病にかかるちょっと前に肺炎を患い、やっと直ったと喜んでいたところだったのである。「矢つき刀おれ」その頃の母は、まさにこの状態であったようだ。母は、母の叔父さま、弟の通叔父ちゃま、ああちゃんに助けられて、東京の逓信病院に入院した。私が三歳五ヵ月の時である。

母が入院したことは、幼い私にとって大きな衝撃だったらしく、それを契機として私の記憶は鮮明になる。母が入院する以前、つまり下曾我時代のことは、二つの断片しか覚えていない。下のお家へお風呂をもらいに行く時、梯子を降りていかなくてはならないのが怖くて、いつも泣いたこと。もう一つは、庭の池に咲いていた綺麗な花の思い出である。その花が、睡蓮であったということは、ずっと後になってからわかった。私はその綺麗な睡蓮の花を取ろうとして、池に落ちそうになったことがあったという。もしその時、誰も見つけてくれなかったら、私は溺れ死んでいただろう。父のように水中で死んでいただろう。

母が入院した日のことを、私は覚えている。ああちゃんと母と三人で、汽車に乗っていた私は、汽車に乗るのが珍しかったので、はしゃいでいた。汽車からおりると通叔父ちゃまがにこにこ笑いながら近づいていらっしゃった。今度は叔父ちゃまも一緒に、自動車に乗った。病院にいくのであった。しかし、幼かった私は、病院という言葉を知らなかった。まして着いた所が病院であるとは知らなかった。病院は、白い大きなお家という感じだった。その日、私は通叔父ちゃまと一緒に、練馬の叔父ちゃまの家に行くことになった。

「ママも一緒に行かなきゃ、いやだ」

といって、私は駄々をこねた。しかし、

「ママは、あとからすぐ行くわ」

と母がいったので、その言葉を信じて、通叔父ちゃまと病院を出た。ふと振り返ると、病室の小さな窓から、母が手を振っていた。

「すぐきてね。本当にすぐきてね」

私は、手を振りながら、大きな声でいった。母は、にこにこしていた。

その時は、これから三ヵ月もの間、母と別れて暮すようになるとは夢にも思っていなかった。

夜になっても、母はこなかった。ようやく私は、母や通叔父ちゃまに、だまされていたことがわかった。寝床の中で、ワンワン泣きながら、叫び続けていた。

「ママ、ママんとこへ行きたい」

通叔父ちゃまや信子叔母ちゃまは、とても困っていられた。私が毎晩、泣き続けるので、母の友達の玲子ちゃんの家へ連れていかれた。(玲子さんは、母より二十も年下のお友達で、女学校時代太宰文学のファンだった方である。現在はヴァイオリンの先生をしていられる)そこでも毎晩泣き続け、また、通叔父ちゃまの家へ戻された。そのうちに私は泣かなくなり、次第に、叔父ちゃまはじめ、叔母ちゃま、従兄弟(いとこ)の滋ちゃんにも慣れ親しむようになった。その頃、叔母ちゃまと二人で、母を見舞いにいった。病院はちょうどお昼時で、母はベッドの上で、おうどんを食べていた。母は私に、

「おうどん、食べる?」

ときいた。私はお昼を食べてきたのにもかかわらず、こっくりとうなずいた。母は、おうどんを小皿に取って、私に食べさせてくれた。信子叔母ちゃまと母は、長いこと、話し合っていた。しばらくして、叔母ちゃまが私にいった。

「それじゃ、ママに、さよならをいいなさい」

私は元気に、

「ママ、さようなら」

といって、叔母ちゃまと病室を出た。病院の門を出ようとした時、母が追いかけてきた。母

は、私にキャラメルをくれた。私は、もう一度いった。

「さようなら」

翌日、母は手術を受け、手術は成功した。それからしばらくして、叔父ちゃまの家は、葉山に移った。叔母ちゃまは逗子(ずし)で、グレーの服地を買ってきて、私にワンピースを作って下さった。「逗子のお洋服」私は、それをそう呼んでいた。よそゆきの上等の服であった。それを着て、叔父ちゃまや叔母ちゃま、滋ちゃんと油壷(あぶらつぼ)にいった。水族館では蛸(たこ)を見た。こうして、叔父ちゃま一家と仲よく暮しているところへ、母が退院して帰ってきた。三ヵ月ぶりだった。私は母のことをほとんど忘れかけていた。母は、通叔父ちゃまと一緒に帰ってきた。叔父ちゃまの後から、着物姿の女の人(それは、母だった)が玄関にはいってきた。草履を脱ぎながら、じっと私を見つめていた。

〈この人、誰だったかしら〉

私はそう思いながら、コソコソと玄関脇に隠れてしまった。その日は、母の全快を祝って、武叔父ちゃま、末子叔母ちゃまもやってきた。末子叔母ちゃまは、私にピンクのコールテンのスカートを下さった。客間に集まって、みんなでご馳走を食べた。私は滋ちゃんと行儀よく坐っていた。ご馳走を食べながら、時々、着物姿の女の人を見ていた。目があうと、その女の人はにっこり笑った。私はあわてて目を伏せた。

〈本当に、誰だろう〉

なかなか思い出せなかった。いただいたばかりのスカートをはいて、私は自分の創作した踊りを踊って見せた。夜になってパジャマに着替えた私を、叔父ちゃまはそっと呼んで、こう命令した。

「ハボタンは、ママと一緒に寝なさい」

私は枕を持って、その女の人の寝ている部屋へ行くことになった。女中部屋に着くまでの間、私は通叔父ちゃまのいった言葉を思い出していた。

〈あの女の人のことを、叔父ちゃまは、ママといった。それでは、信子叔母ちゃまはなんなのだろう〉

私の頭は混乱していた。うす暗い女中部屋の前にきた。

「ごめんくください」

そのころ私は「ごめんください」といえなくて、こういっていた。ひとりで寝ていた女の人は、黙って私をベッドに入れてくれた。粗末な木製のベッドであった。

「ママのこと、思い出してくれた？」

女の人は優しく私に聞いた。その顔をじっと見ているうちに、病院に行った時のことを思い出した。私は、答えるかわりに、こんなことをいった。

「病院で、おうどん食べたの。そいで、ママにキャラメルもらったの」

思わず、自然に、ママという言葉が口から出てしまった。

「病院にはいるまでは、ハボタン、ママと二人で暮していたのよ。下曾我のこと、覚えている？下曾我には、梅の木がいっぱいあったのよ。それから、お家には池があって、そこに睡蓮の花が咲いていたのよ」

そう言われてみると、何もかも覚えているような気がしたが、本当はその時、何も思い出してはいなかった。下曾我のことを思い出したのは、それから、ずっと後である。私は気まり悪さを感じながら、

「ママ、おやすみなさい」

と小さな声でいうと、ぐっすり眠ってしまった。私達母子の居候生活は、こうして始まったのだった。

次の日の朝、母と私は御用邸の横の道を、海に向って歩いていた。母はゆっくりと歩いていた。私は少しでも早く、母に海を見てもらいたかった。

「ママ、もっと早く歩いて」

といいながら、母の手をぐいぐいひっぱっていた。

「まあ、きれい」

母は、砂浜を歩きながら、何度もそういった。人けのない朝の海は、本当に素晴しかった。青く澄んだ海面から、時折り、飛魚がピョンと飛んでみせた。そのたびに、朝の光を受けて、

飛魚の体は、きらっと光って見えるのだった。

葉山の空気のよさも手伝ってか、母は日に日に元気になった。そして、庭を掃除すること、お風呂をたくことの二つが、母の日課となった。お天気のよい日は、浜辺に生えているつる菜を摘みにいったり、貝拾いにいったり、松ぼっくりをとりにいったりしていた。

その頃のアルバムには、滋ちゃんが浮袋で泳いでいる後で、私が怖そうに、波打際をジャブジャブ歩いている写真もある。私は幼い頃から運動が不得手であった。泳げないばかりか、滑り台をすべることさえ、なかなか出来なかった。

浜辺で母と一緒に写した写真、そのころの私は、今の私とそんなに変っていない。しかしそのころの母は、ぼんやりしていることが多かった。後年、母にたずねると、悩みが多かったのだという。そして、その悩みを思いつめると、ますます、どうしてよいかわからなくなってしまい、ぼんやりしていたのだそうだ。

ある日、御用邸裏の岬の突端の岩蔭で、母は父のことを教えてくれた。私はすでに、父のことを近所の人から聞いて、知っていた。

「太宰ちゃまはね、とても偉い小説家だったのよ。でも、女の人と川へ落っこちて死んじゃったの。ハボタンは、海へ落っこちないように、よく注意してね」

私は続けざまに、こういった。

「ママは、海へ落ちない？」

「ママは、もうどこにもいかない？」

母は、笑って答えなかった。しかし私は、母はもうどこにもいかないという確信を持っていた。それから私は、母が止めるのもきかず、岩の上にはいあがり、母に向って大きな声でいった。

「ママよりも、ハボタンの方が大きいでしょう」

私が疫痢になったのは、その翌年の五月であった。叔父ちゃま一家が、東京に遊びにいき、母と私が留守番をしていた時のことだった。その日の私は、いつになく元気がなく、昼頃からゴロゴロ寝ころんでいたという。夕方になって急に痙攣を起し、口から泡を吹き出した。母は、そんな私を見ていることが出来なくなって、しばらくの間、勝手口の薪の傍に立ちすくんでいたそうである。隣の建具屋さんが、すぐ医者を呼びにいって下さったという。疫痢とわかったので、お医者さまは、オーレオマイシンを買う手順をととのえて下さった。オーレオマイシンは横浜の進駐軍から手に入れる新薬で、値段も高かった。しかし、私の疫痢は重く、母は夢中でオーレオマイシンを三回も買い入れた。その結果、私は助かったのである。叔父ちゃまからいただいたお金では、一回分のオーレオマイシンしか買うことが出来なかった。それで、下曾我の尾崎一雄先生、亡くなった村松梢風先生、R伯母さまに借金を申し出た。それらの方達は快く貸して下さった。そのお蔭で私は死なないですんだのである。母はいつも私にいう。

「私は、まだ、どなたにもお金をお返ししていません」

御恩をお返し出来ないのは、母が私を育てるだけで精いっぱいだったからだろう。

「御恩を忘れずにいること。それが、御恩返しの第一歩です」
そう母は私に教える。東京に出てきてからも、御恩を受けた方は沢山いる。私達母子は『鶴の恩返し』の物語が、大好きである。わが身を滅ぼしてまで、恩返しをしたつう。それに比べて、何一つ恩返しも出来ないで今日に至っている私達母子。そう思うと、強くつうの悲しみが、私達の胸の底まで沁み通ってくる。

疫痢が直ってからまもなく、私は母のいうことをきかなくなり、遊び歩くようになった。今考えると、反抗期だったらしい。夜八時過ぎても帰ってこなかった時、叔父ちゃまや叔母ちゃま、母たちみんなで、真暗な海岸を探しに歩いたこともあったという。そのうち大事件が起った。私が井戸に落ちたのである。その日、私は、平生使わない井戸にかぶせてあるトタン板の上に、どろで作った饅頭を並べて遊んでいた。いま考えると、どうしてそういうことをしたのかわからないのだが、そのうち私は、トタン板の上に乗っかってしまった。乗ったと思った瞬間、私はトタン板と共に、井戸の中へ転落した。

〈ああ、落ちる、落ちる〉
私は心の中でそうつぶやいた。いつか絵本で見た女神さまも、一緒に落ちていくような気がして、少しも怖さを感じなかった。真暗で、なんにも見えないでいると、急に、スーッと目の前が明るくなった。私は井戸の中にいて、首だけ出していたのだ。首から下は水につかってい

る。静かに上を見ると、

「いい子だから、そのままじっとしているのよ」

母がそういって、井戸の中へ降りてきた。後になって聞いたところによると、井戸の深さは三丈、水面までは一丈だったという。メートルに換算してどのくらいになるのか知らないが、とにかく、深い井戸であったことはたしかだ。その深い井戸に、母は手と足で、ふんばり、降りてきたのである。その時のことを、母はこういって、自分で自分を感心している。

「どうして、あんな危いことが出来たのかしら。やっぱり、母性愛だったのね」

二人して、井戸の中から上を見ていると、しばらくして、信子叔母ちゃまと、隣の建具屋さんが覗いた。近所の人たちもやってきた。私は、母にしっかりつかまっていた。

「がんばって、がんばって」

近所のお姉さんの声が、井戸のまわりに反響してガンガン聞えた。そのうち、警官のような方達が十人ぐらい来られて、梯子を井戸の中に入れて下さった。私は母と一緒に梯子をつたって、上にあがってきた。それからすぐに、母とお風呂にはいった。母は洋服を着替えてから、信子叔母ちゃまにこういっていた。

「水が洋服や下着に沁みてくるので、段々重くなって、もう三十秒遅かったら力が尽きていたかもしれない」

こんなことがあっても、私のおいたは改まらなかったそうである。井戸に落ちた直後のころ、海をバックに滋ちゃんと一緒に写した写真がある。滋ちゃんと私は、仲よしだった。「やどかりのハボタン」と呼ばれても私は平気で、ジュディという雑種の耳垂れ犬を連れて、二人でよく海岸に遊びにいった。

　母はいくつになっても性格的に少女趣味が抜けなかったというが、その当時、時折り頼まれて、紙芝居や少女小説を書いていた。

　ちょうど朝鮮で戦争があり、葉山にもアメリカ人の家が沢山あった。夏、母と海へいくと、見知らぬ外人が、よくジュースやガムをくれた。近所の歌の上手なお嬢さんと、松林を散歩したのも、その頃である。人影のない松林を歩きながら、そのお嬢さんは、美しい声を張りあげて歌をうたった。お嬢さんは、疫痢のとき、私を助けて下さった白いおひげのお医者さまの姪であった。翌年の夏も、葉山で過した。私達はまた、貝拾いを始めた。夏の海は、人がいっぱいで、貝はあまり落ちていなかった。

「貝は、にぎやかな所が嫌いなのね」

と母がいった。雨上がりの日は、必ず、叔母ちゃま、滋ちゃん、母、私の四人で海にいった。雨上がりには、不思議ときれいな貝がいっぱい落ちていたのである。叔母ちゃまは星のようなギザギザのある三角形の貝、滋ちゃんは美しい桜貝、母は真白な貝、私は渦巻状になった貝を拾うのが上手だった。私達が貝拾いに熱中していたそのころ、若い女の人が、一色海岸のはずれの岩の上から、身投げするという事件があった。まだ月が昇りはじめた時刻だったので、目撃者に助け出された。

「こわいわね」

私は母にいった。すると母は、もっとこわい話を教えてくれた。

「太宰ちゃまは、さっきの女の人のように、鎌倉の海へ、女の人と一緒に、落っこちたことがあるのよ」

私は、それを聞いて、太宰ちゃまは、随分、恐ろしいことをしたのだなと思った。

年が明けて昭和二十九年になった。二月のある日、私は母と近くの丘に昇った。その頂上からは、葉山の海や町が一望のもとに見渡せる。母と私は、陽だまりの枯草の上に寝ころんで空を見上げた。いいお天気だった。おひさまがまぶしくて、私は目を閉じた。海を見下ろすと、海もキラキラ光ってまぶしかった。眠くなるような心地のなかで母の言葉を聞いた。

「ハボタンのこと、いつも太宰ちゃまは、守っていて下さるのよ。疫痢の時も、井戸の時も、ハボタンは奇蹟的に助かったでしょう」

太宰ちゃまは、神さまのような偉い方なのだと思った。母はそれから、こういうことをいったように覚えている。

「太宰ちゃまは小説家だから、太宰ちゃまの小説は沢山の人が読んでいる。太宰ちゃまが、川の中で死んだということも沢山の人が知っている。だけど、ママだけが知っている太宰ちゃまのことは、誰も知らないのよ」

　母は私のすぐ隣に寝ころんでいるのに、その声はずっと遠くから聞えてくるような気がした。うとうとしていたからだろうか。私は、母の言ったことがよく理解できなかった。

「ママだけが知っている太宰ちゃまって、どんな人」

と何度も、しつこく聞いた。母は困った顔をして、

「ひとくちには、いえないのよ」

と答えた。そのうち私は本当に寝てしまった。母も寝ていたらしい。私が目をさましたのを見て、母はいった。

「そろそろ帰りましょう」

　私は、むっくり起き上がって、母にこういった。

「ママ、歌を歌ってから帰ろうよ。だって、ママと歌、歌ったこと、一度もないんだもん」

　母と私は大きな声で歌った。何を歌ったかは思い出せない。丘を降りながら、母はいった。

「私達には、太宰ちゃまがどこにいるか、わからないけれど、太宰ちゃまのほうはちゃんと、私達が、今、葉山の丘を降りていくということが、わかっていらっしゃるのよ」

「それじゃ、太宰ちゃまーって呼んでみようよ」

「太宰ちゃまー。太宰ちゃまー」

　母と私は、歌をうたった時より、もっと大きな声で、そう叫びながら丘を降りていった。丘

を降りてすぐの所に、通叔父ちゃまの、九分通り出来あがった、新築の家があった。

「ハボタンとママも、もうじき、この家に住むんでしょう。きれいなお家で嬉しいな」

私はそういった。母は黙っていた。母は丘ではとても楽しそうだったのに、この家を見てから急にさみしそうな顔になった。私は、それが、不思議でならなかった。その理由がわかったのは、ずっと大きくなってからである。その時、母は重大な決心をしていたのだ。叔父ちゃまの家を出るという決心である。居候生活をやめなければ、教育上よろしくないと考えたのだという。また、この三年間、母は気候のいい葉山で健康を取り戻し、父のない私は、父と母と坊やの幸福そのものの家庭の空気を、思う存分、味わったと思ったのだそうだ。丘に昇った前日、私は滋ちゃんと一緒に新入生の検査を受けに、葉山小学校に行っていた。母も、信子叔母ちゃまも一緒だった。母がそんなことを考えているとはつゆとも知らずに、私はてっきり、この学校へ入れるものだとばかり思っていた。

通叔父ちゃまの家を出たのは、それから間もなく、二月末のことだった。その日、叔父ちゃまは、二、三日前からの風邪がまだ直らず、朝からずっと寝ていた。私は、母が荷物をまとめている間、外で滋ちゃんと遊んでいた。外は、チラチラと雪が降っていた。滋ちゃんは、私に尋ねた。

「ハボタン、どこに行くの？」

「東京」

「いつ頃、帰ってくるの？」

「わかんない」

本当にわからなかったのだ。

「僕、つまんないな」

滋ちゃんは、そういってくれた。私もつまらなかった。母が窓から私を呼んだ。裸電球の他には何もない、ガランとした部屋のまん中に、母はぼんやりと坐っていた。トランク一つと大きい風呂敷包みが二つ、部屋のすみに置いてあった。それらを勝手口に運んでから、母と私は居間にはいった。信子叔母ちゃまと滋ちゃんが炬燵（こたつ）にはいっていた。母は両手をついて、

「長い間、ありがとうございました」

といいながら、丁寧にお辞儀した。私もそれを真似した。勝手口で靴を履いているところへ、通叔父ちゃまと滋ちゃんが見送りにきた。叔父ちゃまは両手を着物の帯に入れて、立っていた。滋ちゃんは顔だけ出して、じっと私達を見ていた。母はもう一度、今度は通叔父ちゃまに向って、

「長い間、ありがとうございました」

といった。叔父ちゃまはうつむいたまま、何度もうなずいていた。お別れに、歌の上手なお嬢さんの家に立ち寄った。

「ママも、ハボちゃんも、お体をお大事にね」

母と同じく静子という名の、その家の小母さまは、そうおっしゃって下さった。

「はい」

私は、体を大事にしようと思った。病気にかからないように、川に落ちたりしないように、気をつけようと思った。また、暗くなるまで外で遊ばず、母のいいつけをよく守るいい子になろうと考えていた。お嬢さんの家を出ると、雪が、いつのまにか激しくなっていた。岬のはずれのバスの停留所まで、海岸沿いに歩いていった。道すがら、私は母に告白した。これをいわなければ、いい子になれないような気がしたのである。

「ママ、いつだったか、お塩とお砂糖のうち、それがなくては生きていけないのはどっちかって、ハボタンに尋ねたことがあったでしょう」

「あったかも、しれないわね」

「私、それはお塩だということ、知ってたの。だけど、わざとお砂糖と答えたの。そしたらママ、ハボタンの思った通り、嬉しそうに笑ったの。ママ、ごめんなさい」

私は、胸につかえていたものをいって、せいせいした。

「これからは、嘘をついてまで人を喜ばせるようなことをしては、駄目よ」

と母はいって、許してくれた。雪は、ますます激しく降りつけた。私は、自分の洋服類をいれた風呂敷包みを小脇にかかえて、両手に荷物を持った母に、ぴったりと寄り添っていた。

「ハボタンは、通叔父ちゃまも信子叔母ちゃまも滋ちゃんも、みんな好きでしょう?」

母は、突然立ち止って、私に聞いた。

「みんな好きよ」

「それじゃ、ハボタンは今来た道を、通叔父ちゃまの家まで、帰りなさい」

「ママは、いつか、もう私から離れないっていったでしょう?」

私は、真剣だった。

「それじゃ、私にどこまでもついてくる?　飢え死にするかもしれない。それでもいいの?」

「うん」

私は、思いきりよくにっこり笑った。そして大きな声で歌い出した。

「雪やコンコン　あられやコンコン　降っても　降っても　まだ降りやまぬ」

私は、そこまでしか、知らなかった。青黒い海には、無数の白い雪が次から次へと舞い降りては吸い取られていく。無数の白い雪が……。それは、夢のようにきれいだった。バスの停留所に、やっとの思いで着いた。傘をさしていなかったので、頭はびっしょり濡れていた。また、ズックを履いていたので、靴下まで濡れてしまい、足の感触はほとんどなくなっていた。母を見ると、母の頭も、そして足袋(たび)も、びっしょり濡れていた。

バスの中では滋ちゃんのことを思った。

「また、滋ちゃんに逢える?」

「逢えるでしょう」

たよりなさそうに、母はいった。そしてさらに続けてこういった。

「これから、小田原のああちゃんの所にいくのよ」

「東京じゃないの?」

私はびっくりして聞いた。ついさっきまで東京へ行くといっていたのに。

「ああちゃんにこれからのこと、話したくなったの」

その夜、私達母子は、ああちゃんの家に泊った。ああちゃんと相談した結果、川崎の武叔父ちゃまの家に、しばらく厄介になることになった。

私達の葉山時代は終った。今思えば、母と私は三年間も、叔父の家に居候して、親子三人水入らずの生活をこわしていたのだ。図々しいといえばいえるし、どれほど迷惑だったかわからない。しかし母は大病の後だったし、援助なしでは生きていけない私達の状態だったのだから、仕方なかったことかもしれない。葉山での三年間、私たち母子は、なにかぼんやりと過してしまったような気がしてならない。厳しい現実のなかでの、母子二人の甘い生活。しかし私は、私達の環境のなかでの、母のそういう育て方に感謝している。もし母が、賢く厳しく冷たく悩み深く、私を育てていたら、私はどうなったろう。母の甘さ。もしこの甘さがなかったら、あるいは母は、父とあのような関係にはならなかったかもしれない。そして父にも、母とは別な甘さがあったのではないだろうか。

私は武叔父ちゃまの家から、玉川小学校に入学した。入学式の日の写真がアルバムに貼ってある。真智子さんという、母の年下のお友達からいただいたランドセルを背負って、武叔父ちゃまから買っていただいたばかりの靴を履いている。どちらも赤い色で、上等なものだった。直立不動の姿勢でまぶしそうな顔をしている。入学式の前夜、母からキューリー夫人の伝記を読んでもらった。私もキューリー夫人のように偉くなるために、一生懸命勉強しよう、そう思うと興奮して、なかなか眠れなかった。

川崎にいた期間は、わずか二ヵ月であった。五月のある日、母と私は、武叔父ちゃまの家を出た。

恵比寿、ここが母と私、二人だけの初めての住まいだった。バラックの二階家の一間だった。天井がなく、雨が降ると雨もりがした。大家さんは、下に住んでいた。御主人はアル中、奥さんはニコヨン、子供は中学生の男の子と、小学六年生の女の子、私と同じ一年生の女の子、保育園にいっている男の子がいた。夕方になると、上の女の子について、保育園へ男の子を迎えにいくのが、その頃の私の日課だった。ニコヨンのお母さんは背が高く、普通の家の奥さんだったら、さぞ美しい人だろうにと、私は思っていた。アル中の御主人は、人の好さそうなおじさんだった。いつも坊主頭に鉢巻をしていた。私は、広尾小学校へ転校した。担任は、神経質そうな感じの男の先生だった。

私達の家のまわりには、小さなバーや焼き鳥屋が何軒も立ち並び、昼間でも薄暗く、ゴミゴミとしていた。近所の家のほとんどがバラック建てで、屑屋さんを商売にしている家が多かった。表通りのパチンコ屋から毎晩、「死んだはずだよ　お富さん」というメロディーが流れてきた。

引越してから一ヵ月ぐらいたった頃、夜中に私が消化不良を起して医者の往診を受けた。それで、武叔父ちゃまと通叔父ちゃまから、それぞれ家を出る時にいただいたお金は、なくなっていった。板の上にゴザを敷いた部屋は、五月の終りになっても、夜になると冷え込んだ。それが私の消化不良の一因だったと、母はいった。

消化不良が完全に直ってから、しばらくすると、私は学校にいかない日が多くなった。学校がつまらなかった。母も「学校にいきなさい」とはいわなかった。その頃、母は職安にいったり、知り合いを訪ねたりして、一生懸命職を探していた。しかし私が一緒では、母の求める職はなかった。お金は日に日に減っていった。

学校がつまらなくなった原因は、先生や友達が、冷たかったことにある。何故、私に冷たかったかというと、貧乏だったからだと思う。広尾小学校周辺は裕福な家が多かった。その中で、私達の住んでいた一郭だけは、貧しい家が立ち並んでいた。そこの一郭に住んでいるというだけで、馬鹿にした子も多かった。私の服装も、クラスの子がみんないい恰好をしているので、よけい目立っていた。服装も食べものも貧しかったその頃の私は、顔もうすぎたなく汚れていたに違いない。暗い表情をしていたに違いない。ＰＴＡ会費、給食費は、最初の一ヵ月しか払えなかった。先生や友達から、冷たくされたのも無理のないことかも知れない。

川崎の玉川小学校に入学した時の担任は、明るい女の先生だった。私の描く絵、書いた字には、すべてハナマルを下さっていた。それを母に見せるのが、たまらなく嬉しかった。ところが広尾小学校ではハナマルはおろか、三重マルも下さらず、いつも二重マルだった。字や絵が、この学校にきてから、急に下手になったとは考えられない。私は玉川小学校にいた時より、もっともっと、一生懸命に書いていたのだ。それで広尾小学校での先生の態度は、よけい私の身に沁みた。

現在、私の膝小僧には怪我のあとが残っている。小さなあとだが、これには屈辱の思い出が刻まれている。一年生全員が、運動場でかけっこをしたことがあった。私は走っている最中、なにかにつまずいて、ころんでしまった。足が痛くて、なかなか起きあがれないので、ワアワア泣きだした。担任の先生がかけてきた。近くの若い女の先生が、かけ寄って、私を抱き起そうとして下さった。すると担任の先生は、

「この子は一人で起きあがれるのに、おおげさにしているんですよ。ほっといて下さい」

といい、起きあがれないでいる私に向って、

「早く起きあがりなさい」

と、おこったような声でいった。そして、さっさと、私の傍から離れていった。私は痛みをこらえて、起きあがった。土がへばりついている足からは、血がにじみ出ていた。先生が、そ

れに気づかなかったはずはない。私はしゃくりあげながら、びっこをひいて、やっと洗い場にいった。水で洗うと、ひりひりしみた。傷口が、ぽっかりあいていて、中から肉が見えていた。それから、私は一人で衛生室にいった。

「まあ、たいへんな怪我」

衛生の先生は、そういって、薬を塗って包帯をしてくださった。完全に怪我が直るまでは、半月もかかった。直ってからも、先生から冷たい態度を受けたという心の傷は、容易に癒えなかった。

そんな私を、たった一人、慰めてくれる女の子がいた。眉のちょっと下がった、三つ編みの可愛い子だった。

「傷、痛む?」

包帯してある私の膝小僧を見て、そういってくれたのも、この子だった。名前は思い出せないが、その子の顔は、今でも、勉強している時、歩いている時、かなしい時、何の前ぶれもなく、突然ふっと浮かんでくる。

夏休みになった。武叔父ちゃま、通叔父ちゃまからいただいたお金は全部なくなっていた。仕方がないので、最低限に必要な日常着以外の衣類は全部、質屋に入れて、お金に替えた。それで、お米とお醤油を買い、御飯に、お醤油をかけて食べていた。とてもおいしかった。そういう食べ方が体に毒だということは、後になって知った。しかし、たとえその時、そうとわかっても、どうにもならなかっただろう。多少、体に毒であったとしても、食べないで死ぬより遥かにましだったからである。そのうち、お米もお醤油もなくなった。途方にくれていた夕方、私が引き出しをあけて、何かゴソゴソ探していると、お金が三十円出てきた。母と二人でとびあがって喜んだ。私は早速、パンを買いに表へとび出した。しかし、前日の晩から何も食べていなかったので、足がふらついて、なかなか思うように走れなかったのを、おぼえている。パン屋の帰り、家の近くの市場のゴミ箱の前に、大きいじゃが芋が一つ落ちているのを見つけた。私は、それを拾って家に帰った。翌朝、そのじゃが芋をふかして二人で食べた。おいしかった。その日は、それだけしか食べなかった。

また、その次の日、朝から何も食べなかった。私は市場のゴミ箱に、何か食べられるものが落ちていないかと思って見にいった。しかし、何も落ちていなかった。帰ってくると、母が引き出しや行李をひっかきまわしていた。

「何をしているの？」

ときくと、母は、

「この間のように、お金が出てこないか、何かお金になるものが残っていないかと探しているのよ」

と答えた。私も一緒になって探した。

引き出しの奥から、きれいな箱が二つ出てきた。中に貝殻がはいっていた。葉山の一色海岸で、信子叔母ちゃまと滋ちゃん、母と私が、いつも競って拾ったものだった。大きな箱にも、いろんな種類の貝殻がはいっていた。

「これを売りましょう。夏休みの宿題の標本にどうでしょうかといって、買っていただくのよ」

母がいった。私も賛成した。しかし私達は、桜貝はあまりにきれいなので、売るのが惜しくなった。それで結局、桜貝を残して、大きい箱の貝殻だけを売ることにした。小さなコーヒーカップ一杯につき二十円で売ることに決めた。はかってみると、約五十杯あった。

「みんな売れたら、千円よ」

母は、貝のはいった箱とコーヒーカップを風呂敷に包みながら、そういった。

「でも、みんな売れてしまったら、淋しいわね。三年がかりで集めて、葉山の思い出が沢山秘められているんですもの。半分くらい売れたら、おそば屋さんにはいって、それからパンと夏みかんを買って帰りましょうよ」

母はそんなこともいった。

広尾小学校の辺(あた)りから売りはじめ、高級住宅街を渋谷に向って歩いていった。子供のいそうな、豊かな感じの家を見つけてはベルを押し、玄関先で、

「葉山の海岸の貝殻、お買いになりませんか」

と、母はいった。中には私と同じクラスの友達の家もあった。私は、はいれず、母の出てくるのを外で待っていた。外人の家にもはいった。金髪の夫人が出てきて、貝を見せると、声を

立てて笑った。そして、こういった。

「ソレハ、商品デハアリマセン」

渋谷に近づいても、ついに一杯も売れなかった。一杯十円に値下げしても駄目だった。重い足を引きずり、空腹のまま、渋谷に着いた。このまま引きかえす気力は、二人になかった。しかたなく、交番にはいって事情を話すと、渋谷福祉事務所というところにいくように教えられた。

福祉事務所で、母はいろいろと調べられた末、渋谷区内に親戚はないかと尋ねられたそうである。母は、正直に、母の叔父さまの名をいったという。すると福祉事務所の人は、母の叔父さまの所へ電話をかけてくれた。事務所の人が事情を話してから、母は受話器をとった。母の叔父さま叔母さまはお留守で、おばあさまが電話に出られた。私は、母が受話器を耳にして、泣いていたのを覚えている。

それから間もなく、母は身分をかくして、叔父さまの会社と関係のある目黒のS倉庫会社で働くことになったのである。もしあの時、その会社にお世話して下さらなかったら、体の丈夫でない母は、死んでいたに違いない。私達には御恩を受けた人があまりに多いのだ。

夏休みだったので、私は母と一緒に会社へ出かけて、母が働いている間、作業場の周辺で、一人遊びをしていた。夏のまっ盛りであった。炎天のもとで、しばらく遊んでいると、眩暈(めまい)がしてしようがなかった。お昼には、会社のなかへはいって、母と一緒にパンを食べた。母の仕事は、レッテル貼りだった。しかし、十日くらいたつと、今度は調理場にまわされた。会社の海の家が、葉山の森戸にあったので、母は夏の終りまで、そこで働くことになった。私も母についていった。滋ちゃんに逢えることを楽しみにしていたが、しかし、通叔父ちゃまの家にはいかなかった。その葉山で写してもらった写真がある。私はボートのへりに腰掛けて、うす笑いを浮かべている。か細い腕と足。恵比寿で食べていたもののひどさが、よくわかる写真である。両方の膝小僧には赤チンが一面に塗ってある。よくころぶたちだったらしい。運動神経が鈍いのと、ずいぶんお茶目だったことを物語っている。学校や家では、しょぼくれていた私だが、なつかしい葉山では、またもとの元気をとり返していた。この写真から、暗さは全く感じられない。しかし貧乏な家の子という感じが、顔付きに滲み出ている。恵比寿時代の写真は、これ一枚かぎりである。その直前の、川崎時代の二枚の写真の、福々しくよく太った、おおらかな顔付きとくらべると、その私は、まるで別人のようだ。貧乏はしたくない、と写真を見ながらつくづくと思う。葉山では、ハムエッグやお肉などを久しぶりに食べることができ、つい二週間前までのことが夢のように思える毎日だった。

　新学期が始まって、私は毎日一生懸命つけた絵日記を提出した。返されてみて、がっかりした。どの日も全部二重マルなのである。隣の席の子にはハナマルが沢山ついていた。それ以来、私はハナマルをとろうとする努力をやめてしまった。

　母は目黒の会社へ通勤していた。私は毎日、夕方になると恵比寿の駅まで迎えにいった。改札口に母の姿が見えると、すれちがった人がふり返るほど、大きな声で、

「ママ、お帰りなさい」

といった。それから二人で、夕暮れの街をバラックの家に急ぐのだった。私は、母が会社からいただいてきた、御飯とおかずのはいったお弁当箱を大事にかかえていた。ほのかに残っているぬくもりが、快かった。

なかなか帰って来ない日があった。次の電車、また次の電車と待っているうちに、あたりはすっかり暗くなった。電車が着くたびに、大勢の人がせかせかと改札口を出てきた。お父さんやお母さんに手を引かれた子供が出てくると、私はあわててそっぽを向いた。見ると、悲しくなるのだ。暗い荒野にひとりぼっちでいるような淋しさを感じた。

〈太宰ちゃま。あなたは神さまのような方なんですから、私のお願いを、聞いて下さい。今、すぐここにママを呼んで下さい〉

私は心の中でそう祈って、手を合わせた。そこへ、隣室のおばさんがやってきた。

「ママを、待っているんでしょう?」

おばさんは、買物籠を揺らしながらいった。買物籠には、パンやりんごがはいっていた。私がうなずくと、

「ママは、じきに帰ってくるわよ。先に帰って、おばさんとこで待っていましょうよ」

といって、私の手をとった。おばさんの家で、コロッケパンをご馳走になった。おばさんといっても、まだ子供のいない若い人だった。おじさんはトラックの運転手で、朝早く帰ってく

ることもあれば、夜中に帰ってくる時もあり、一日中ねていることもあった。その晩は、おじさんが帰っていなかった。しかし、母はまだ帰ってこなかった。私は不安でたまらずシクシクやり出した。九時近くなった。親切なおばさんは、なんのかのと私を慰めてくれたが、心は落着かなかった。おばさんのいうのもきかず、私は家をとび出して再び駅へいった。駅に着くと、なんだか、ほっとした。改札口の傍にうずくまっていると、背後から、

「ハボタン」

という声がした。母の声だった。私はすっと振り向いて、

「ずいぶん、遅かったのね」

といった。張りつめた気持が突如消えて、目の前がぼんやりしてしまった。ガードの下を少しいったところに、果物屋があった。そこで母はいちじくを買ってくれた。いちじくを食べるのは久しぶりだった。うれしかった。私は見事ないちじくを二つ、胸にしっかりと抱き、母に寄りそいながら歩いた。幼い日から現在に至るまで、あの時ほど、母と心が通じ合ったことはない。ルオーの『デ・プロフンディス』という絵を見た時、私ははっとした。絵にある二人の姿が、いちじくの夜の、母と私に思えたのである。『デ・プロフンディス』の説明に、こう書いてあった。真昼の太陽の光は日蝕時のように暗くくすんでいる。小聖堂を囲む墓地は力なく黙している。ただ悲しみの祈りの声のみが低く重く響く。「デ・プロフンディス……」これは悲しい絵なのだが、私はその絵を見ると、うれしくてしようがない。うつむいて、寄りそって

いる母子らしい二人の姿。それが余りにも、いちじくの夜の私達と似ていて、懐しいからである。
お祭りが近づいた。下の大家さんの家の子も、クラスの子も、みんな浴衣を着るといってい
た。私が、おねだりしたので、母は早速、駅前の大きいお店で浴衣地を買ってくれた。萩の模
様の浴衣を、母は毎晩、縫ってくれた。浴衣をつくってもらったので、遠足行きは断念した。
あの頃の母は、四十一歳、まだ若かった。赤いバンドをしていても少しもおかしくなかった。
がんばりもきいた。朝は毎日、五時半に起き、夜は夜で、洗濯をしたり、縫いものをしたりし
て、十二時頃まで起きていた。こういう生活は、現在のアパートに移ってからも、四、五年は
続いていた。現在の母は五十一歳、昔みたいながんばりはきかなくなった。早く、外で働かな
くてすむようにさせてあげたい。
十月一日、その日は東京都のお祭りで、学校は休みだった。しかし、会社はお休みでなかっ
たので、母を駅まで送っていった。
「ママ。一緒にいっちゃあ駄目?」
母は黙って首を横にふり、
「おやつの時間に、たべなさい」
といって、駅前で、ぶどうを買ってくれた。黒い大きな房のぶどうだった。この大粒のぶど
うを家に帰って食べていると、母がまもなく帰ってきた。まだ、お昼にもなっていなかった。

こんなに早く帰って来たことは、今までになかった。

「通叔父ちゃまが、急に具合が悪くなったので、横浜の病院に行くようにって」

母はあわててそういった。通叔父ちゃまは、私達が葉山を去ってから、肝臓を悪くして、会社を休んでいらっしゃったことを聞いていた。通叔父ちゃまは大学を出るとすぐ軍人になり、戦争中はずっと南方で、終戦の時は、チモール島におられた。それまでに幾度もマラリヤにかかり、肝臓が腫(は)れたのも、そのためだと母はいっていた。

私がよそゆきのグレーの洋服に着替えると、母は私の手をひっぱって、駅までかけ出した。長いこと電車にのって、やっと、横浜の病院に着いた。病室には、すでに沢山の方が来ていらっしゃった。信子叔母ちゃま、滋ちゃんをはじめ、恩師の方やお友達も来ていらっしゃった。そういう方達にとり囲まれた通叔父ちゃまは、酸素吸入器を口にあてて、苦しそうな息をしていらっしゃった。ハンカチを目にあてていらっしゃる信子叔母ちゃまのお姉さまの脇から、母は叔父ちゃまの枕元へいき、頭をなでた。そして、母はおいおい泣き出した。滋ちゃんは、私を見ると、うれしそうな顔をした。私も、うれしかった。そのうち二人は、病室でキャアキャア騒ぎ出した。信子叔母ちゃまのお姉さまは困った顔をされて、滋ちゃんと私にそれぞれ十円ずつ下さった。

「外にいって、キャラメルを買っていらっしゃい」

滋ちゃんと私は、手をつないで病室を出た。キャラメルを買って戻ってきても、母はまだしゃくりあげていた。

通叔父ちゃまが、

「もう一度、空を見たい」

とおっしゃったので、ベッドから車に移され、空のよく見える所へ運ばれていった。そこへ、赤ちゃんをおんぶした、やさしい顔のおばさまがはいっていらっしゃった。

「通叔父ちゃまと、仲よしの、並木さんの、おばちゃまよ」

と母は、とぎれとぎれに、私に教えてくれた。滋ちゃんは、また、はしゃぎ出した。並木さんがはいっていらっしゃったからだろう。お医者さま、看護婦さんにかこまれて、車が帰ってきた。通叔父ちゃまは、

「空を見せて下さって、ありがとう」

と、おっしゃった。そして、

「滋に、棚の上のビスケットをやりなさい」

と信子叔母ちゃまにおっしゃった。それが、通叔父ちゃまの最後の言葉となった。通叔父ちゃまが、いかに子煩悩(ぼんのう)だったかということが、よくわかる。

「御臨終です」

お医者さまの低い声が病室にひろがった。さっきまで涙ひとつこぼさず、歯をくいしばっていた信子叔母ちゃまが、ワッと泣きだした。滋ちゃんと私以外の人は、みんな泣いた。私はぼ

んやりしていた。臨終ということが、どういうものか、よくわからなかった。滋ちゃんは、みんなの泣いているのを、にこにこして見ていた。お父さんの死に際に、にこにこしていた滋ちゃんを思い出すと、私は不憫でしようがない。

翌日は学校を休み、母と横浜の火葬場へいった。細長い木のテーブルの前で、私は母と一緒に、煙突から空にのぼっていく白い煙を見ていた。

「通叔父ちゃまの煙」

そういう母の言葉が、私には、とても美しく感じられた。私も煙になって、通叔父ちゃまと一緒に、父のいるという天国へいきたいと思った。

家に帰ってから、母は、

「滋ちゃんも、ハボタンと同じになったのね」

といった。私は自分の仲間が一人殖えたということに、うれしさを覚えた。でも滋ちゃんには、おばあさまがいらっしゃる、ほんとうの伯母さまもいらっしゃる、と思うと、私はつまらなかった。

「ママ。ハボタンには、ほんとうの伯母さまが、いらっしゃらないの?」

私の質問に、母はこう答えた。

「津軽に、いらっしゃるんじゃあないかしら」

津軽という地名が、私の心の底に刻まれたのは、この時だった。

通叔父ちゃまが亡くなってから、一ヵ月たった十一月の初め、私達は恵比寿の家を出ることができた。

引越したのは、目黒の会社のすぐ近くの、建ったばかりのアパートだった。クリーム色の壁に、青い畳がよく映えていた。四畳半の部屋は広々としていた。その頃、アパートの周囲には、家が今の半分くらいしか建っていなかった。

天気のよい日、二階の私達の部屋から富士山がよく見えた。今は、向いに、二階建ての自動車修理工場が建ち、道路一つへだてて四階建てのおせんべい屋さんの工場が建ち、富士山どころの話ではない。恵比寿の部屋には天井がなかったが、この部屋には天井があった。雨漏りの心配がないことがなによりもうれしかった。恵比寿には窓らしい窓がなく、昼間でも暗く、じめじめしていたが、この部屋は南向きで、大きな窓があった。明るく暖かいので、別天地にきたように感じられた。引越してきた翌日、母は区の教育委員会に出向いた。そこで母は、半年の間に、玉川、広尾、月光原と、三度も転校させたことに対して、反省を求められたそうである。だからではないだろうが、それから現在に至るまで十一年間も、私達はこのアパートを動かない。母は毎日、会社とアパートの間を往復して、私を育ててくれたのである。

会社に勤め始めの頃、母はよく泣きながら、家に帰ってきた。最も不向きな調理の仕事であったから、てきぱきと出来なかったり、ぼんやりしていて厭味(いやみ)をいわれたのだろう。しかし、月日がたつうちに、気が強くなり、料理も上手になった。職場の人と喧嘩しても、当初はすぐ泣きだしていたのに、今は泣くどころか、相手を負かすようになったという。強くなった母に、私はほっとした。私が一番辛かったのは、泣いている母を見ることだったのだ。もし父が空の上から、今の母を見ているとしたら、どう思っているだろうか。私は、それが心配である。

恵比寿時代までの母には、マリー・ローランサンの絵の女の人のような感じが、また、純な子供のようなところがあった。私の脳裏に、そういう母は、今も生きている。その母と、今の母は、どうしても一緒にならない。私は昔の母のほうが好きだ。あの母が泣き虫でなかったら、私の理想の女性の一つのタイプであったと思う。しかし、あのままでは、母は一人で、私をここまで育てられなかっただろう。葉山時代の母の写真と、目黒にきてからの母の写真を比較してみると、まるきり、ちがう顔だ。葉山の母は、あどけない顔をしているが、目黒にきてからの母は、しっかりした感じになっている。変ったのは性格だけではない。私はつくづく思った。しかし、寝顔だけは、昔のものだ。近頃では、母より私のほうが、遅く寝るようになったので、それがよく判る。あどけなさを通り越して、新生児のような顔をして眠っている。

引越してきて三日目の朝から、私は月光原小学校に通った。私は、はじめ、おどおどしていたが、先生やクラスの子供達がやさしくしてくれるので、すぐクラスの雰囲気に馴れた。先生は字の書き方や、本の読み方を一生懸命、教えて下さった。お蔭で私はめきめき上達した。

元気を取り戻し過ぎた私は、ある日、自習時間に、男の子数人と教卓の下でつかみあいのけんかをしていた。それが担任の先生の怒りに触れ、男の子達と一緒に校長室に立たされた。校長先生のお説教を聞きながら、気の弱い男の子は涙を浮かべていた。しかし私は、平然としていた。

目黒に移ってから、母の勤めは一日おきに早番と遅番がまわってきた。早番の日は、午前六時から午後三時まで勤める。私は、母より少し遅れて会社へいき、そこで朝食をとって学校へいく。夕食は母と二人で家でとる。遅番の日は、午前十時から午後八時頃まで勤める。朝食は二人して家でとり、夕食は会社でとる。これは、今でも同じである。

小学校低学年の頃、一人でいる時、私は決して勉強をしなかった。母がいないと、私は勉強ができなかったのである。タンスの中をかきまわしたり、絵をかきながら、いろんな空想にふけっていた。目黒にきて、一ヵ月くらいたってからの写真の私の顔には、まだどこかスラム街の匂いが残っている。

学芸会の時に、私が舞台から客席に向って、挨拶をしている写真がある。私の役は、オオカミのおかあさんだった。私はラストで、提灯（ちょうちん）を持って、そろりそろりとあらわれ、

「うちの子供は、どこへいったかしら」

という役だった。台詞（せりふ）をいいながら、ひょいと客席を見ると、うしろのほうに、母の笑い顔が見えた。まっ白い割烹着（かっぽうぎ）姿が目にしみた。その日、母は会社が出番で見にいけないといっていたのだった。私は母に会釈した。その途端、足元がぐらついて、持っていた提灯の火が消え

そうになり、ひやっとした。この頃から、私は劇に出たり、朗読することが好きになった。

新潟の海をバックに、母と二人ではしゃいでいる写真もある。二年の夏休みに写したものだ。新潟市には、母の従兄弟の周二おじちゃま、美代子おばちゃまがいらっしゃった。おじちゃまは、新潟医大の研究室で勉強していらっしゃったので、顔色の悪い私を母が心配して、一夏、おじちゃまにあずけたのだった。母は新潟に二日間いて、東京に帰った。この写真は、その時、母と二人で、海岸であそんだ記念である。

新潟の海の向うには、佐渡が見えた。佐渡には、母の結婚相手、Ｋさんのお家があり、Ｋさんと母との間に出来た、満里子ちゃんのお墓がある。母と私は、海に花束を流して冥福を祈った。花束が、波にゆられていってしまうと、

「太宰ちゃまは、新潟高校に招かれて、講演にいらしたことがあるのよ」

と母はいった。もしかしたら、この海岸を父は歩いたかも知れない、そう思うと、新潟に来てよかったと思った。新潟でひと夏を過した結果、私の顔色はよくならなかったが、体格は立派になった。医大で体を精しく診ていただいた結果、どこも悪くないことがわかった。

二年生の運動会の写真では、和服姿で見物にきた母と一緒に、体操着に鉢巻の私が元気に笑っている。恰好はいいのだが、肝腎の運動は全然駄目だった。私は、なわとび競走に出場した。四組にわかれて、一人ずつ、なわを飛んで、飛び終ったところで、次の人にかわる団体競技だった。私の飛ぶ番になり、目の前で、びゅんびゅんうなっているなわを見ると、おじけづいて、

飛べなくなってしまった。しびれをきらした係りの先生が、

「もう、帰ってよろしい」

といわれた。お蔭で私の組は負けてしまった。


私は、父を神さまのように偉い人と思い、母が教えてくれた通り、父を誇りにしていた反面、その頃、自分のあこがれていた、会社員のお父さんと、家にいるお母さん、そして兄弟のいる平凡な家庭の姿を、よく絵に描いていた。中でも、ちょびひげを生やしたお父さんと、それに甘えている女の子というのは、最も多く描いた題材だった。


母の膝に坐って、両足を投げ出して、本を読んでいる写真がある。男の子と喧嘩ばかりしていた、三年の五月頃のものである。三年になると、クラスの子は皆、私が太宰治の娘だということを知った。一人が知ったので、次から次へと伝わったものだと思う。男の子と、何かのことで、言い合いをしていた時、突如、こんなことを言われた。

「お前のお父さん、女と川で死んだんじゃないか」

そんなことで負けている私ではなかった。

「それが、なんだっていうの。私、何とも思っていませんよ」

男の子は、黙ってしまった。勝気で、なおかつ人より目立つことが好きだった私は、数人の先生から朗読をほめられたのをきっかけとして、ますます陽性になり、朗読したり、劇に出た

りすることが好きになった。母に、児童劇団にはいりたいと打ち明けた。母は、運動神経が鈍いものに、芝居が出来るはずはないといって、全然、相手にしてくれなかった。ショックだった。私はその頃、父の「あはれわが歌、虚栄にはじまり、喝采に終る」という言葉を母から教えてもらって知った。よくわかるような気がした。父だったら、私の気持がわかってくれるような気がして、一人で、そっと、父の写真を眺めて、ぼんやり過している時が多かった。

三年当時、最も印象に残っているのは、学級委員の改選に、私は数票の差で、次点となったことである。それまで、ずっと学級委員をつとめてきた私は、口惜しくて、涙があふれてくるのをおさえきれなかった。しかし、泣いているのを他人に知られるのが、また口惜しくて、わざとねむったふりをしていた。

三年の三月、今まで担任だった先生の、お別れ会をした。校長先生もお母さん方も列席された。その席上、私は、即席の童話を作り、みんなに披露した。誰もが熱心に聞いて下さった。終ると、みんな盛んに拍手して下さった。校長先生は、

「こりゃ、まいった」

と、おっしゃった。

同じ三月、母はカメラを買った。名前をポニックスといい、千五百円位のものだった。私がオーバーを着て坐っている写真が、撮りはじめである。水色のオーバーは、並木さんのおばちゃまが作って下さったものだった。並木さんは、通叔父ちゃまの、高校、大学を通じての親友で、

現在、農村問題を研究していらっしゃる。

沢山のお人形に取り囲まれている写真もある。欲しい欲しいと思っていたカール人形を、並木さんからいただいた直後、春休みに写したものである。カール人形には、ユキコという名前を付けた。並木さんのおばちゃまの名前「幸子」にあやかったのである。それをいただいてからは、学校から帰ると、まっ先にユキコと遊ぶのが日課となった。四年生の初め頃は、ユキコのことだけが頭にあった。並木さんは、通叔父ちゃまの親友というだけで、その後もカバン、スカート、青いオーバー、レインコートなど、私の欲しいものを沢山下さった。私の誕生日には、母と私をお家に招待して下さった。また、私達を、高級北京料理を食べに、連れていって下さったこともある。宝塚の少女歌劇に、連れていって下さったこともあった。私が観たいといったので、連れていって下さったのである。並木さんは、宝塚には全然、興味がなかったらしく、芝居の途中で、寝てしまわれた。私は、心の中であやまっていた。

「おじちゃま、ごめんなさい」

帰ってから、母に、

「並木さんのおじちゃま、宝塚のお芝居、観たくなかったのに、私が観たいといったので、連れて行って下さったの。だから、おじちゃま、途中で寝てしまったのよ。おじちゃまは、太宰ちゃまと関係ないし、ママの親戚でもないでしょう。通叔父ちゃまのお友達だったというだけなのに、どうしてこんなに親切にして下さるのかしら」

と、聞いた。

「それは、並木さん御夫婦が、とても情け深い、親切なお方だからよ」

そうには違いないのだが、それだけでは、割り切れないところがあった。つい最近、昨年の暮れに、おばちゃまから、母の会社へ電話がかかってきた。私のショートコートを買ってあるから、取りに来るようにとのことだった。私は並木さんのお家にいって、ショートコートのお礼をいうと、おばちゃまは、並木さんが死を間近にした通叔父ちゃまを見舞いにいかれた時、叔父ちゃまから、母と私のことをよろしく頼むと、お願いされたというお話をして下さった。私は、強く、胸を打たれた。その夜、母にその話をすると、母は興奮のおももちで語った。

「通叔父ちゃまが、それほどまで、私達のことを心配してくれていたとは、知らなかったわ。並木さんに、お願いして下さっていたのなら、ママの叔父様にも、お願いして下さっていたと思うわ。私達が今日あるのは、もとをただせば、通叔父ちゃまのお蔭だったのね」

それから、しばらく間をおいて、こういった。

「たとえ、通叔父ちゃまが、そういって下さったにしろ、並木さん御夫婦の真似は、普通の人には、なかなか出来ないことよ」

沢山のお人形にとり囲まれている頃から、私は、不眠症にかかった。直接の原因となったのは、怖いテレビドラマを観たことにあった。そのドラマの筋書きは、こうであった。元外科医の狂人が、入院中の精神病院を抜け出して、自分の家（医院）に帰る。家には、姉が一人でいた。姉がびっくりしているところへ、突然の事故で意識不明になった恋人を連れた、男がやってくる。女は、今すぐ手術しなければ、助からない状態であった。勿論、男は、医者が狂人とは知らないでやってきたのである。姉は考えた末、狂人の弟に手術させることにする。弟は、手術する。その途中で、何度も発作を起しそうになり、メスを持つ手がふるえるのだが、姉はそのつど、

「さあ、私の顔をじっと見つめて」

といって、精神を落着かせ、手術を完了させる。手術は成功し、命は助かった。完了した途端、弟はケタケタ笑い出し、狂人に戻るのだ。そこへ、精神病院から連れ戻しに、医師達がやってくる。弟が連れ去られたあと、姉は礼をいう男に、こういうのである。

「弟は、発狂するまでは、素晴しい外科医でした。いいえ、発狂した今もですわ」

私は、今までに観たどんなスリラーよりも、ずっとおそろしかった。それからというもの、毎晩、寝床にはいってから、どんなに考えまいと思っても、狂人の弟が手術をしている場面が頭に浮かんできて、眠れなくなった。

数ヵ月して、やっとそれを忘れかけた時、今度は作文に、架空の人物を登場させて、先生に提出してしまった。それを、先生は、ほめて下さった。私は、いつ、そのことがばれるかと思うと、心配で心配で、眠れない日々がさらに続いた。その心配も、いつのまにか薄れると、今

度はなんの理由もないのに、眠れなくなってしまった。夜中、寝床の中で、先生も友達もすべての人が寝ていて、起きているのは私だけだと思うと、いいしれぬ孤独感とあせりを感じ、寝よう寝ようと思って力んで、ますます眠れなくなるのだった。不眠症の初めごろ、寝床の中でモソモソしていると、母から、

「いつまで起きているの。早く寝なさい」

と、どなられ、お尻をつねられたことがある。それで、私は、わざと寝息をたてたり、寝返りをうったりして、眠っているように見せかけていた。私は、一年間も不眠症にかかっていた。しかし、母は全然、気がつかなかったそうである。私は、学校で、かたっぱしから友達に、

「あなた、夜二時過ぎまで、起きていることある?」

と、聞いてまわった。二、三人が、

「あるわよ」

と、答えてくれた。その友達に私は好意をもった。後年、父の『思ひ出』を読んで、父も私と同じように、小学校の頃、不眠症にかかったということを知った。前々から血色がよくなかったところへ、不眠症にかかったので、ますます顔色が悪くなった。すべての人から、顔色が悪いといわれていた。そういわれるのが、いやで、私は学校へ、こっそり、頬紅(ほおべに)をつけていくようになった。しかし、赤くつけ過ぎて、見破られてしまった。友達から、おしゃれさん、といわれた。それでも私は平気だった。顔色が悪いといわれるより、おしゃれさん、といわれる方

が、よっぽどましだったのである。その頃、血色がよくなるという人参を、沢山食べていた。その頃の、どの写真の私も、明るく笑っている。不眠症の顔色も写真ではわからない。

学校のお昼休み、友達は、校庭でドッジ・ボールや馬とびをして遊んでいた。しかし私は、夜ほとんど眠っていなかったので、図書館にいって昼寝をしていた。しかし、それだけが友達と遊ばない原因ではなかった。私が、仲間にはいると、みんなに迷惑をかけるからだった。例えば、馬とびをするにしても、いざ飛ぶだんになるとしりごみしてなかなか飛ばなかったり、馬になっても、すぐつぶれてしまうのである。

昼寝しない時は、本を読んでいた。『クオレ』とか、壺井栄の短篇、ギリシア・ローマ神話、民話、ディッケンズの『クリスマス・カロル』などを、何度も読み返しては、そのたびに感激していた。ドーデーの『最後の授業』を読んだのも、この頃であった。読みながら、これは泣かなくてはいけない物語だと思ってしまい、読み終ってから、一生懸命、泣いた。この頃から、父の作品を読み始めた。といっても、母の許可したものしか読まなかったから、数は少ない。『走れメロス』『千代女』『斜陽』の三つである。文章がうまい、書こうと思ってもなかなか書けない文章だと思った。

父のことを、神さまのように偉い人と漠然と思っていたのが、作品を読んでからは実感として信じるようになった。作品を読むまでは、世間普通の家の子として生まれてきたかったと思っていたが、読んでからは、これほど引きつけられるような素晴しい文章を書いた父親だったのだから、平凡な父を持っている人より、ある意味では、仕合せだと思うようになった。母と私は、『走れメロス』を、よく交替で朗読した。終ってから、どちらが上手か、批評し合った。母は一度だって、私の朗読をほめたことはなかった。

五年生になった。その年の春、十姉妹と一緒に写した写真がある。同じアパートの水上さんからいただいたものだった。水上のおじさんとおばさんは、私が中学一年の時、母が骨折した際、とても面倒を見て下さった方だった。おじさんは、元気そうな、顔のつやつやした中年の方だった。おじさんは、死んだ通叔父ちゃまと同い年だった。感じもどことなく似ていたので、私は親しみを覚えていた。おじさんは私が中学二年の夏、急病で亡くなってしまった。四十三歳という若さだった。水上さんは、死ぬ前日まで元気だったのに、急に容態が悪くなり、救急車で病院に運ばれた。その時、顔面は蒼白で、目をかっと見開いていられた。私は、二階の部屋から、そっと覗いていた。水上さんの、かっと開かれた目が、二階の私を見ているような気がした。私はあわてて、目をそらした。そして、仏壇の前にいき、

「太宰ちゃま、どうか水上さんを助けてあげて下さい」

と、お祈りした。その時は、すでに意識不明になっておられたのである。後に奥さんと二人の子供が残された。お葬式がすんだ後、順子ちゃんという子供に、なんとか慰めの言葉をかけてあげたかったけれど、変なところに気の弱い私は、それをいうことが出来なかった。何もいうことが出来ないうちに、順子ちゃん達は引越してしまった。私は自分に、腹がたった。水上

さんも、通叔父ちゃまも、南方戦線で戦った兵士であったことを思うと、私も母と同じに、戦争は恐ろしいと思った。

妙な所に気が弱いのは、私の小さい時からの性格だった。こんなことがあった。私の身体をより丈夫にするため、母は私に、チーズを沢山食べさせようとしていた。私も丈夫になりたかったので、さほど好きではなかったが、一生懸命に食べた。いつの間にか私は、母からチーズが好きだと思われるようになっていた。ある日、母は私のために上等のクリーム状のチーズを買ってきた。フィンランド製であった。

「治子の好きなチーズ。さあ、沢山、食べなさい」

私はその時、それをちっとも食べたくなかったが、今、ほしくないの、とはいえなくて、

「ありがとう、ママ」

といって、パンにつけたり、なめたりしていた。少ししか食べないのでは、母が可哀そうな気がして、無理して沢山食べた。気持が悪くなり、あげそうになった。しかし、気分が悪くなったことは、おくびにも出さなかった。

「やっぱり、フィンランド製だけのことはあるのね」

といって、私は、にっこり笑って見せた。母はとても満足そうな顔をした。高校にはいってからも、その性質は直らない。例えば、電車やバスの中で老人や子供が私の前に立つ。席を譲りたいのはやまやまなのだが、どうしても、「どうぞ、お坐り下さい」といい出せない。私が

モジモジしていると、傍の人が、私の代りに席を譲ってあげる。私は、周囲の人から非難されているような気がして顔をあげられなくなる。それから街頭で募金をやっている場合、私も協力したくてしようがない。しかし、歩いている人や、募金参加を呼びかけている人達の前で、募金箱にお金を入れるということが、恥ずかしくて出来ない。私はいつも、その前を走ってしまう。募金をやっている人達に申しわけなく思うからである。

五年生になって、一年もつづいた不眠症からも自然と解放されて、今まで以上に、喧嘩をする回数が多くなった。もう一人の学級委員の女の子と、よく喧嘩した。しかし多くの場合、私の喧嘩相手は男の子だった。男の子と喧嘩して、私が勝った場合は、必ず放課後、四、五人の仲間を連れて、その男の子が校門の前で待ち伏せしていた。そして、私をぶって、泣かせるのだった。泣きながら帰る途中、私はどうして男の子と仲よく出来ないのかと、連れの友達に、めんめんと訴えていた。男の子とこんなに喧嘩をする私は、将来、結婚も出来ないとまで思い込んでいた。

六年生になると、私はある男の子から「ガチャ子」というあだ名を付けられた。足がガチャガチャし、性質もガチャガチャしているからだという。足がガチャガチャしているというのは、私の歩き方をさしていたのだと思う。私は他人から見ると、つま先だけで歩いていて、かかとを全然、地面につけていないように見えるのだそうだ。宙に浮いた歩き方をしているわけである。母からも、何べんとなく、心がうわついているから、そういう歩き方をするのだと、注意

された。私も、注意して、かかとをつけて歩くようにしているのだが、今でも時折り、

「あなたの歩き方、変よ」

と、友達からいわれる。

小学校時代を通じて、私の性質の最も大きな欠点は、勝気なこと、変なところに気が弱いこと、そして、もう一つ、先生からよく思われたいという気持が人一倍強かったことだ。どうして、よく思われたかったかというと、私は先生を好きだったからである。先生からよく思われようとして、成功したこともあり、失敗したこともある。一番忘れられない失敗は、教室で、先生が、ワシントンの話をされたときである。

「桜の木を誤って折ったワシントンは、正直にあやまったので、お父さんは、ちっとも、おこりませんでした。かえって正直にいったことをほめたたえました。たとえ、何か悪いことをしても、正直にいえば、罪はずっと軽くなります。皆さんも、ワシントンのように正直な子になって下さい」

私はそのお話を聞いて、それなら、なんでも正直にいえば、先生にほめられるのだな、と考えた。そして、そのチャンスを待った。

数日後、自習時間に、ワイワイガヤガヤ騒いでいたのがわかって、先生は立腹された。自習時間に騒いでいた者は、すすんで前に出よ、といわれた。その時、私はそれほど騒いではいなかった。騒いでいた子は沢山いたのに、誰も前に出なかった。

「さあ、正直に出ていらっしゃい」

先生は繰り返していわれた。私は、突然、立ちあがって、前へ進みでた。私は先生から、あなたは正直です、と、ほめられるのを期待した。しかし先生は、

「騒ぐとは、何事ですか」

と、ひどく叱られただけで、「正直ですね」とは一言もいって下さらなかった。

「私は騒いでいませんでした」と、よっぽどいいたかったが、いえば前に出た理由をきかれると思って黙っていた。予想と反対の結果になった私は、しばらくぼんやりとしてしまって、ワシントンのお話は、作りばなしなんだなと思っていた。

小学校の六年間は、このようにして、あっという間に終った。卒業式の日、クラスのほとんどの女の子は泣いたが、私は、泣かなかった。ほとんどの子と中学が一緒だし、学校がなつかしくなれば、いつでも遊びにこられると思っていたので、すこしも悲しくなかった。泣いている一人が、泣いていない私達数人をにらみつけながら、

「あなた達って、血も涙もない人間なのね」

といった。

中学は、区立七中にはいった。まだ、学校に慣れきっていない五月一日、大事件が起った。母がアパートの階段から落ちて、骨折したのである。その日は日曜日であったが、母は会社へ

出勤していて、午後三時頃、帰ってきた。会社が忙しくて、足が棒のようだといっていた。その日はどうしても外出しなければいけない用事があったので、四時頃出かけようと話していた。会社から帰ってから十分くらい、母は横になっていた。それから母は、下に用事が出来て階下に降りていった。母の階段を降りる足音が聞えなくなったと思った途端、ドタドタという音がした。あの音は、なんだろう、そう思っているところへ、母の私を呼ぶ声が聞えた。その声は、非常にのどかに聞えた。それで私は、何か用をいいつけられるのだと思って、わざとゆっくり、階下に降りていった。母は、階段の下のコンクリートの所に両足を投げ出して、坐っていた。びっくりして、顔を見ると血の気が全くなかった。母はうつろな目で、私にいった。

「足がブラブラしているの。起き上がれない」

アパート中の人達が、母を取りまいた。幸いなことに、水上さんの家に看護婦さんが遊びにきていらっしゃった。それで、応急処置の副木をしていただくことが出来た。私は、母の会社に連絡した。会社は、すぐ車をよこして、病院に運んで下さった。入院したさきは飯田橋の逓信病院、そこは、私が三歳の時、母が入院した病院だった。母を診察された外科の先生は、静かにおっしゃった。

「三ヵ所も骨折しています。三ヵ月は、入院していなくてはいけません。それから自宅療養です」

私は、それを聞いて泣き出してしまった。母の骨折が、思ったより重症だったのが、悲しかったのではない。三ヵ月も、母と別れて暮さなければならないことが、甘ったれの私には、たまらなく悲しかったのである。病室の、灰色によごれた冷たい壁を見ていると、ますます泣けてきた。一緒に付いてきて下さった会社の女の人が、優しく、私の肩に手をかけて、こういった。

「治子ちゃん、何も心配しなくていいのよ。ママは、すぐよくなるんだから。ママが退院するまで、治子ちゃんは、会社の寮から学校に通ってらっしゃいね」

私はその日から母が退院する日まで、会社の寮の一室に寝泊りさせてもらった。入院後十日目に、手術が行われた。その間、私は毎日、病院に行っていた。学校の終るのが三時半、カバンを持ったまますぐ病院に行くと、着くのが五時ちょっと前だった。それから一時間足らず、母とおしゃべりして帰ると、もう七時を過ぎていた。遅い夕食を食べて、お風呂にはいり、いい気持になっていると、寝る時間になった。そんなわけで一日中、何も出来なかった。宿題をやらないで、ひどく先生から叱られたこともある。それでも、私はせっせと病院に通った。母の顔を見ないと、心が落着かなかったのである。手術は無事に終った。その前日、私は父に一生懸命お祈りしたので、成功する確信があった。私は、改めて父に感謝した。麻酔からさめない母の枕許で、昨夜母が書いたという、私あての遺書を読んだ。「皆さんのおっしゃることをよく聞いて、素直に、明るく生きて下さい」という趣旨だった。遺書まで書いた母は、本気に死ぬかもしれないと思っていたのだ。そう思うと、無性に母がいじらしくなった。いい母だと思った。手術後の経過は良好で、私は安心して、病院に行く日を一日おきにした。母は予定より一ヵ月も早く、自宅療養出来る運びとなった。といっても、最初の二ヵ月は、ギプスをつけたままなので、身動きも出来ず、念願のギプスが取れたのは八月の暑い日だった。母の足は、垢でどす黒くなっていて、幼児の足と同じ位の太さになっていた。ギプスを取った後、一ヵ月間は、松葉杖なしでは歩けなかった。二本の足で、はじめて歩けたのは九月末のことだった。その日、母と私は久方ぶりに学芸大学まで、散歩にいった。帰りに、母は、五ヵ月ぶりに美容院で髪をカットしてもらった。しかしその日の母は、写真によると、松葉杖なしで歩けたにしては、嬉しそうな顔をしていない。その理由を聞くと、母はこういった。松葉杖なしで歩けるようになったのだから、また、現実の世界に戻らなくてはいけなくなった、そう思うと、嬉しいどころか、重い気持になったのだという。母は長い間、会社を休めたので、創作したいという気持がまた湧き上がっていた。事実『クックちゃん物語』という、私達母子を鳩に託した童話を書こうと、意気込んでいた。しかし、それは書き出しだけ書いて、また会社に出勤することになった。そして、そのまま、今日に至っている。この童話を書きあげるのが、現在の母の悲願である。

母が入院していた頃、学校での私は、無口だった。勉強もしなかった。気も弱くなった。そんな私から、友達は離れていき、私はますます孤独になった。ちょっとしたことでも、すぐ泣くようになった。ある日、いかれた男の子が二人、私の傍に寄ってきた。一人が私のことを、こいつはすごく泣虫なんだといった。連れの男の子は、それじゃ試してみようといって、いきなり私のほっぺたをぶった。私は泣き出した。小学校時代の私なら、「何、するのよ」といって応戦するが、その時は、たまらなく、くやしくて泣くだけだった。二人の男の子は、せせら笑いながら、どこかへ行ってしまった。

無口なのは、母が退院した後も、変らなかった。そして、相変らず孤独だった。教室の席を好きな人同士が並ぶ場合、私はいつも半端になり、また、遠足でお弁当を食べる場合も私は一人だった。孤独に堪えられなくなった私は、一人の女の子と友達になった。その子は、学校はよく休むし、勉強も出来ない。その上、どこか間の抜けた感じがするので、クラスの人達から馬鹿にされていた。私は、その子に、恵比寿時代の私を見いだしていた。学校の帰り道、その子の話を聞くと、お母さんは、その子の小さい時から精神病院にはいっていて、お父さんは、お酒飲みで働きがなく、その子はお手伝いさん同然の形で、知り合いの家に厄介になっているという可哀そうな身の上だった。しかし、私とその女の子は、学校で孤独だというほかは、何一つ共通点がなかった。それで、彼女といることによって、多少は寂しさから抜けられたというものの、学校はまるっきり面白くなかった。反動的に、家では母と陽気に騒いでいた。

二年になって、クラス替えがあった。もう、孤独は、こりごりだと思った。数人の友達が、すぐ出来た。明るい人達だった。私も明るくなった。本来の姿に、戻ったわけである。そのうち、明るさを通り越して、騒ぐようになった。そうなった理由は、担任の先生が、私のことを内向的で、おとなしいとおっしゃったからである。随分、明るいつもりなのに、先生にはそれがわからない。それなら、もっと目立つようになろうと思って、わざと騒ぐようになったのである。私は、人から内向的（事実そうだったのかもしれないが）と言われるのが、たまらなく厭だった。

時折り、調子外れなことをしては、友達を笑わせていた。自習の時間、即席の詩を、教室中に響く大きな声で朗読して笑わせたこともある。先生の質問に対して「あの」を連発して笑わせたこともある。一年の時からの同級生は、私の百八十度の転回ぶりに、目を丸くしていた。そのうち私は、クラスの友達から「変っている」「おもしろい」というレッテルを貼られてしまった。こちらから話しかけなくても、

「あなたは、おもしろいから好きよ」

と、向うから、いってきた。そのうち私は、わざと人を笑わせることが苦痛になった。しかし、レッテルを貼られた以上、人を笑わさなければ、すまないと思っていた。そんな頃『人間失格』を読んだ。これは、母から禁止されていた小説だった。読んで、私はびっくりした。書かれていることが、ビンビン私の胸に沁み通ってくるのである。父と私は、なんて性格が似ているのだろうと思った。似ているということは、血がつながっている証拠だと思い、それまでは、神さまのような人としか思えなかった父が、はっきり肉親と思えるようになった。しかし、それと同時に、自分の暗い一面を、あからさまに見せつけられた気がして、憂鬱な気持になった。父の作品の中には、この他にも、読後、重苦しい気持にさせられるのが幾つかある。私は、そういう作品より、『津軽』『新釈諸国噺（ばなし）』『走れメロス』『富嶽百景』などの爽（さわ）やかな作品が好

きだ。母も同じだという。母は、父の性格の暗いところは、嫌いだという。母の接した父からは、暗い感じはみじんも受けなかったという。むしろ、堂々とした、野武士のような感じさえ受けていたという。母の前で、父は、明るい面ばかりを見せて暗さを見せなかったわけである。ということは、母は父を半分しか理解していなかったわけである。

担任の先生が、授業中、余談として自殺のいろいろなやり方について話されたことがあった。その話を、みんなは面白がって、笑いながら聞いていた。しかし、私はそんなに面白いとは思わなかった。無理に笑うこともないと思って、平然としていた。そのうち私は、みんなが笑っている中で、一人だけ不愉快そうな顔をしているのは、面白いことだと思いついた。そして、わざと眉をくもらせ、不愉快そうな顔をした。そういう顔をしながら、先生が、私の表情に気付かれて、こんなことを思っていらっしゃるのではないかと、考えていた。

〈あの子は、父親が自殺したので、この話がいやなんだな〉

案の定、私の考えていた通りだった。

「僕が授業中、自殺の話をしたら、太田さん、とてもいやな顔をしましたよ」

父兄会で、先生は、母にそういわれたのである。

アルバムの最後は、檀一雄さんと対談しているスナップ写真である。私は中学二年の桜桃忌(おうとうき)の当日、テレビの婦人ニュースに、檀さん、母と一緒に出演した。檀さんと向き合って坐っている私は、膝小僧の見えるスカートをはき、色付きソックスに、ズック靴を履いている。私は当時、いつも母のいう通りに、こんな恰好をしていたのである。ほとんどの女の子は、中学生らしい、膝の隠れる長いスカートに、白いソックスを履いていた。ズックを履いていた女の子は、クラスで私一人だけだった。言動以外の、そういう服装の面でも、私は、クラスのみんなから、変っているといわれていた。

母と私が、テレビ出演を承諾したのは、テレビ局の内部を見学できると思ったからであるが、その日、私は父の親友だった檀さんとお逢い出来るのも、とても楽しみだった。私は、下曾我時代、檀さんのお家へ伺ったことがあるそうだが、全然、覚えていない。母は、テレビに出演する一週間前から、少しでもよく映るようにと、一壜（ひとびん）千円もする高級クリームを買い、一生懸命、マッサージをしていた。しかし、それはなんの役にもたたなかった。母は、すっかりあがってしまい、声はうわずり、何かにおびえた表情をして、終始、うつむいていた。係りの人が、終りの合図をしてからも、母は檀さんに向って話し続けた。私がいくら、

「もう、終ったのよ」

といっても、きかなかった。それにひきかえ、私は落着いて、全然、あがらなかった。テレビの出を控室で待っている時、檀さんは、局の人に、

「お酒は、ありませんか」

ときかれた。私は、檀さんは、お酒がお好きなのだと思うと、急に、親しみを感じた。父も、

大のお酒好きだったことを、知っていたからである。ビールがくると、母は、私にお酌するように促した。まごつきながら、瞬間、父のことを思った。

「父の声は、どんなでしたか」

と、檀さんに尋ねると、

「さあ。演説を録音してあるのが、残っていると、いいのだが」

檀さんは、そういわれて、ビールをグイッと飲まれた。檀さんの横顔を見ながら、父も檀さんのような、おおらかで、男らしい人だったら、自殺などしなかったろうにと考えた。


テレビに出演した頃から、私は、同じクラスのある男の子に、関心をよせるようになった。色の浅黒い、長身の、どことなく冷たい感じのする、無口な男の子だった。それまでは、なんておとなしい子だろうと、歯がゆく感じ、いらだたしさを覚えていたのだが、バレーボールの試合で、その男の子が活躍したのを見た時から、素敵だなと思うようになり、無口なところが、かえって魅力的に感じられるようになった。そのうち、その男の子の家のまわりをうろついたり、じっと見つめたり、こっそり写真をもらったりし始めた。話し好きな友達に、

「あの人、素敵ね」

といったばかりに、私が、その男の子を好きだということが、ぱっと、クラス中に広まった。友達からあおられて、いい気になった私は、前より一層、熱をあげた。夢もよく見た。その子

が、優しい言葉をかけてくれたとか、一緒に歩いたとかいう夢だった。学校では勿論、家に帰ってもその子のことばかり思っていた。学校の行き帰りも、その子のことを思いながら歩いた。しかし、私はそのうち、どうせ片想いなのだし、相手に迷惑をかけているかもしれないから、想うのはやめようと、考えるようになってきた。そう考えると、自分でも不思議なほど、熱はさめてしまった。

十月になった。席替えがあり、困ったことになった。その子と、席が隣同士になったのである。その子を想っている時は、実現しなかったことが、さめてから、実現したわけである。その男の子は、いつも授業開始すれすれにやってきて、私と同じ位置におかれた机を、ぎりぎりの所まで後退させるのだった。私は、

「あなたのこと、もう何とも思っていません」

と言いたかったが、それも言えず、つとめて明るくよそおっていた。私が、その子の隣の席になって、二週間ほどたった、ある秋晴れの日、終礼が終って、教室のお掃除を始めようとしていた私は、その男の子が、廊下から私を呼んでいるのに気がついた。私は、何かいやな予感がして、傍にいた友達にささやいた。

「私、行くのいやだわ」

友達は、その男の子に、いってくれた。

「話があるなら、こっちにきておっしゃいよ」

男の子は、さからわずに、こっちへやってきた。そして、しばらく、上半身を斜めに曲げて、片方の足をゆすぶっていた。それは、その子のくせだったが、その時の曲り方はいつもよりひどかった。それから、おもむろに口を開いて、

「お前、俺のこと、何かいっただろう」

と、にやにや笑いながらいった。私は、なんと返事したらいいのかわからなくなり、やっとの思いで、ひとことだけ言うことが出来た。

「私、もう、あなたのことなんか、何もいっていません」

自分の声が、いやにふるえているなと思った。冷静に、冷静に、私は自分にいい聞かせた。

男の子は、ふんと鼻を鳴らして、

「うそつけ、俺、ちゃんと聞いたんだ」

そう言うが早いか、教室から出ていってしまった。私は、ぽかんとして、男の子の後姿を見送った。いつのまにか、私を、十人以上の女の子が、とりまいていた。

「太田さん、どうしたの」

「あの子、なんていったの」

私達二人のやりとりを、遠くで見ていた友達が聞いた。私は、答えなかった。代りに、傍にいた友達が答えてくれた。急に涙が出てきた。口をへの字に曲げて、涙が出るのをおさえようとしたが駄目だった。隣の友達の胸にしがみついて、声をあげて泣き出してしまった。母に打

ち明けると、母は、涙をためている私に、優しくいった。

「治子が、じっと見つめたり、友達に話したりしたことがいけなかったのよ。明日、学校にいったら、今までのこと、あやまりなさい」

本当に、そうだと思った。母のいう通り、明日あやまろうと思った。ただ一つ、心にひっかかったのは、私の熱がさめてから、あのような口をきかれたことだった。悲しかった。しかし、私は、お腹のなかに子供が出来たために、父と別れなければならなかった時の、母の苦しさ悲しさを思い、このくらいのことで悲しがっていてどうなるかと、元気を出した。翌日、私は、その男の子にあやまった。

「今まで、あなたにたいして、変な態度をとったことをお詫びします。これからは、絶対に、あなたのことを見つめたり、友達と噂したりしませんから、許して下さい」

あやまったことで気分はせいせいした。家に帰って母に報告すると、母は、深くうなずいて、次のようにただした。

「その男の子って、どんなタイプ？　よく娘は、父親のような感じの男性に惹かれるっていうでしょう。その男の子、太宰ちゃまに似ているんじゃないの？」

「顔も性質も、全然、似てないと思うわ。太宰ちゃまと正反対のタイプじゃないかしら。もし、その男の子の顔なり性質に、太宰ちゃまと少しでも似ているところがあったら、あんなことをいわれた私は、今の十倍も、悲しくなっているでしょうね。似ていなくて、よかったわ」

そう、私は答えた。その夜から、私は『人魚の海』という短篇小説を書きはじめた。小説らしい小説を書いたのは、それが初めてであった。人魚が、人間の男の子を恋して、諦める物語だった。書き終って母に見せた。そんなつもりで書いた覚えはなかったが、

「あなたとあの男の子のことを、人魚と少年に託して書いたのね」

と母はいった。そういわれてみると、無意識に、人魚に託して、自分を書いたような気になった。

「太宰ちゃまの『新釈諸国噺』の中に、『人魚の海』という同じ題名の作品があるわよ」

私は、早速、父の『人魚の海』を読んでみた。それは、題名が同じというだけで、内容は全く異なったものだった。もちろん、私のものとは比べものにならないほど、文章が巧みで面白かった。しかし、比べることによって、父のうまさが、以前にも増して、わかるようになった。

あの男の子のことを思って以来、現在に至るまで、私は何人かの男性に憧れてきた。それらはすべて、好きというものではなく、あくまで憧れであった。同じ年齢の子に憧れたこともあったが、大部分の相手は、先生である。それも、三十歳を過ぎた先生に、憧れることが多かった。私の知らない父というものに憧れを抱くのだった。「お父さん」と呼びたいような先生に憧れていたのである。

まわりの人達が笑うときには笑わず、なにもおかしくないときに、無性に笑いたくなった二年生の頃、母に、

「それは、精神病の始まりよ」

とおどかされた。試験の時に、そのことで失敗したことがあった。二学期の中間考査の際に、問題が簡単だったので、私は、忽ち出来てしまった。そして私は、教室の中で退屈してしまった。最前列に坐っていたKさんが、チラッと後を見て、三列目の私と目があった。お互いに目と目で挨拶すると、何の理由もなく、私は笑いだしてしまった。すると、Kさんも笑いだした。監督の先生が、こわい顔をしていらしたので、私はあわてて、笑うのをやめようとした。しかし、Kさんの忍び笑いを後から見ていると、笑いは、どうしても止まらなかった。終了のベルが鳴って、集めた答案を整理した先生は、私達二人に、前に出るように命令された。二人は、そのまま職員室に連れていかれた。あとから友達が教えてくれたところによると、私達のうしろで、先生は、二人の頭を指して、クルクルパアのジェスチュアをされたそうである。試験中の静寂のなかで、二人だけが笑っているのは、気味悪かったに違いない。職員室に立たされているところへ、先生は、私たちの担任の先生を連れてこられた。そして、

「この二人は、頭がどうかしているんですか」

と担任の先生に質問された。

「ねえ、二人共、そんなことをいわれてどうする。先生、この二人は馬鹿じゃありません。正常です」

担任の先生は、そういって、かばって下さった。私は、担任の先生に、ご迷惑をおかけしたことを申訳なく思い、それ以後、我慢して笑わないように努力した。そのうち、いつの間にか、

なおってしまった。

二年の夏から秋にかけて、自分に失望させられたことが、二つあった。

その一つは、クレーの絵を見て、ちっとも感動しなかったことである。美術の先生が、クレーの展覧会を見てこられて、非常に感動されたことを、教室で話された。昨夜は、午前二時頃まで、興奮して眠れなかったと、血走った目でいわれた。私は、先生をそんなにまで感動させたクレーの絵を観たくなって、母と一緒に会場へ行った。一つ一つの絵を、長々と観てまわった。色が美しい絵もあれば観ていて楽しい絵もあった。しかし、それだけで、全体を通じて、どこがいいのか、さっぱりわからなかった。先生は、あれほど感動されたのに、私は、全然、感動できない。私には、まだ物を観る目がないのだ。今まで、いろいろと生意気なことをいってきたが、そんな資格は、私にはない。そう思うと、とても悲しかった。しかし『醜い子供』という作品を観たことは、ちょっとうれしかった。絵の子供の顔が、母とよく似ていたからである。母はそれを観て、

「ちっとも醜くないわ。可愛いじゃないの」

といった。つい数ヵ月前、私は母から、画家の岡本太郎さんに似ているといわれた。それで、岡本さんをテレビでとくと観察してみた。私も母のいう通り、どことなく感じが似ているかもしれないと思った。私は親近感を覚えた。しかし、残念なことに、私は、岡本さんの絵が、さっぱりわからないのだ。クレーの絵より、もっとわからない。岡本さんの絵がわかるようになり

たい。もっともっと勉強しなければいけない、と思った。

もう一つ。私は小学校低学年の頃から、俳優になりたくて、しようがなかった。母は、私がなりたいというたび、絶対無理だということを繰り返して、相手にしてくれなかった。それでも私は、その夢を、ずっと持ちつづけていたのだ。舞台で演技する自分の姿を、空想することは楽しかった。

しかしその夏、俳優座の『黄色い波』と、民芸の『火山灰地』を観て、私は、自分自身にひどく失望したのである。観る前は、生まれて初めての新劇のお芝居に、期待の胸をふくらませていたが、舞台の名演を目の前に見て、俳優さんたちの、血みどろな努力を想像し、つくづく考えさせられてしまった。お芝居をするのが好きというだけのことで、俳優になりたいなどと思っていた自分が情けなかった。

二月の末に、一人の三年生から、「交際して下さい」という手紙を貰った。半分、困ったけれど、半分は嬉しかった。教室で、友達と話していた私のところに、使いの男の子が、手紙を持って入ってきた。それを見ていた一人は、

「まあ、太田さんのところへ？　間違いじゃない？」

と耳打ちしていた。私も友達も、考えもつかない意外なことだった。しかし、私は、交際する意志がなかったので、お断りした。それでも、私のような者にも、よく思ってくれる人がいるとわかったことが、この上もなく嬉しかった。十月の男の子の時と、反対の立場になったわ

けである。

三年になって、クラス替えがあった。担任の男の先生は、おとなしい方だった。生徒も、おとなしい人が多かった。クラス全体が、二年の時より、ずっと落着いていた。受験の問題が目の前にあらわれ、今まで騒いでいた連中も、しっかりした男の子になった。私も、二年のときと比べて、ずっとおとなしくなり、真剣に勉強しようと、張りつめた気持になっていた。しかし、私の場合、その緊張は長続きしなかった。なんとかなる、そういう安易な気持が芽を出していた。母がある方達からお恵みいただいたお金を、私立高校入学のために、用意していることを、私は知ったのである。もし都立に落ちても、私は私立に入れるのだと、当然のことのように考えていた。

五月、六月。新学期の真剣な意気込みは、消えてなくなっていた。自習時間には、とりとめもないおしゃべりをし、休憩時間には、男の子のニックネームをつけるのに熱中した。ちろちろ女の子を見る男の子はチロ、色の黒いのはコゲ、色の白い男の子はポテトであった。また「二十年後の私」というのを実演して、得意になっていた。土曜日は、必ず親友と散歩して時間を費した。思えば、実にくだらないことをして、遊び呆けていたのである。一学期の成績表を受けとる時は、さすがに心が重かったが、意外にも、それは予想していたより、かなりよかったので、ほっとした。都立にはいってね。成績表を見て、母は、

「とにかく、都立にはいってね」

といった。私は気が気でなく、夏休みこそ、勉強しようと思った。しかし、私の怠惰な心はすぐ頭をもたげ、我が家の風通しの悪さと、扇風機がないことを理由に、勉強ができないといって、母を困らせた。しかし、それは口実で、本当にやる気があれば、図書館にいくなり、朝四時起きするなり、方法はいくらでもあるはずであった。私は、勉強をする代りに、母の職場へ行って、まかないの手伝いをする日が多かった。

二学期が始まっても、夏休みぼけがなおらず、高校に入ったら勉強家になろうとか、素敵なボーイフレンドをつくろうとか、恥ずかしいことばかり考えながら、あっという間に、年が明けてしまった。

さすがの私も、真剣になったが、時すでに遅く、気ばかりあせって、勉強は進まなかった。そして、苦手の数学だけに没頭した。その頃、詩か作文を書いてくるようにとの宿題が出た。私は幼稚な詩を書いて提出した。当時の私の心境のつもりである。

エンピツケズリ

エンピツケズリ買って下さい。
母は、千円のエンピツケズリを買ってくれた。
「勉強します」私はデパートの階段でそういった。

夏休みの前だった。

夏休みになっても、私は勉強しなかった。

秋になった。それでも、私は勉強しなかった。

いつのまにか、冬がきた。

今は一月、夜更けの机で、私はエンピツケズリをガラガラまわす。


私は、都立と私立、両方を受けた。近くの私立高校は、先生も合格を保証して下さり、母も、

「すべりどめに、受けておきなさい」

といっていた。私もその学校には高をくくっていた。

私立の試験は、二月上旬、第一日目が筆記試験で、二日目は、面接と身体検査であった。ところが筆記試験は思ったより難しく、数学はやはり出来なかった。他の教科を犠牲にして数学だけやっていた私にとって、それはちょっとしたショックであった。全然やらなくても、あの程度の点数なら、とれたろうと思った。

面接試験は、父兄同伴で行われた。母と私は、別々の部屋で、面接を受けた。私は、面接試験に関しては、先生から教えられたり、本を読んだりして、だいぶ勉強していた。趣味は、と聞かれたら、散歩。なぜ好きなのかと聞かれたら、何も考えないで、歩くことが好きなんです、と答えるつもりでいた。あなたが尊敬する人は、と問われたら、沢山いすぎて一人だけという

のはわかりません、と答えよう。この学校を選んだ理由は？　はい、家から近いし母や友達から勧められましたので。質問にとまどったり、答えられなかったりすることは、まず絶対にないだろうと確信を持っていた。

しかし、それは全部、当てがはずれた。私が椅子に坐るなり、面接の先生は、調査書に目を通しながら、こういった。

「あなたには、お父さんがいませんね」

「はい、おりません」

私は明るい印象を与えるように、弾んだ声で答えた。

「いつ頃、亡くなられたのですか？」

「私が生まれて、七ヵ月の時です」

「それでは随分、苦労したんでしょうね。お父さんは、どうして亡くなられたんですか。病気ですか？」

私は答えなかった。

先生は、ペンを静かに置いて、

「あなたのお家は、母子家庭です。あなたを私立の高校に通わせるというのは、無理じゃないでしょうか」

といわれた。私は、意表をつかれた。こんなことを聞かれるとは、夢にも思ってみなかったことである。

「ええ、それは、もう、大丈夫です。やっていけます」

やっとのことで、そう答えることが出来た。面接の先生は、首をかしげながら、こう続けた。

「そうですか。でも、この学校で中途退学するものは、ほとんど、母子家庭の子供ですよ。学費が続かないってことですね。この学校だけでなく、私立の学校全部が、そういうことを、一番いやがります」

私は、ポカンとしていたに違いない。何かいおうと思ったが、何もいうことは出来なかった。

「もう結構です。お帰りなさい」

この学校には、絶対に入れない、と考えた私は、よほど「私立に、入れないと思ったら、受けになんか来ません。馬鹿にしないで下さい」といいたかったが、我慢に我慢を重ねて、平然と一礼して部屋を出た。

途端に、私の感情は爆発し、声を立てて泣きだしてしまった。

「私、もう駄目だわ。落ちるのが確定したわ」

寄りそってきた友達に、涙声で告げた。受験生たちは、びっくりした顔で、私を眺めていた。

帰り道、母に一部始終を報告すると、母はいった。

「その先生は、正直な方なのよ。母子家庭を敬遠しているということ、ずるい先生なら、黙っていらっしゃるでしょう」

数日後、その高校から、不合格の通知が来た。覚悟はしていたものの、やはり悲しかった。そのことを思いだすと、私は授業中でも、突然、泣きだしていた。

都立の試験は、三月の上旬にあった。相変らず数学は出来なかった。数学は、私にとって、苦手などというよりも、なにか生まれつきの本性のように思わざるを得なかった。はじめて、自分の受験準備の作戦の誤りに気がついた。どうせ、一ヵ月半の間に速成するなら、数学を捨てて、点数のとりやすい、社会とか保健体育、技術家庭などに主力を注げばよかった、ということに気がついたのである。しかし、すべては、後の祭りであった。

発表の日は上天気だった。一縷の望みにすがって見に行ったが、やはり、奇蹟は起らなかった。担任の先生は、母を学校に呼んで、第二次募集の学校を教えて下さった。私がいま在学している高校がそれである。

「少し遠いのが玉に瑕ね」

と母はいったが、この学校を落ちたら、もうどこにも行くところがないのであった。私は祈る気持で受験した。面接の先生は、中年の女の先生であった。母子家庭ということには、全然ふれないで、普通の質問を、私にもして下さった。あなたの性質は、と聞かれたので、

「私、のんき坊主です」

と答えたら、先生は声を立てて笑われた。将来の進路は、大学、と小さい声で答えた。

合格通知が届いた時は、うれしかった。今まで落ちてばかりいて、いやな思いをしてきたの

が、嘘のような気がした。

校是　水徳五則

一　淡々無味なれども真味なるものは水なり。
一　境に従って自在に流れ清濁合せて心悠々なるものは水なり。
一　無事には無用に処して悔いず有事には百益を尽して功に居らざるものは水なり。
一　常に低きに就き地下にありて万物を生成化育するものは水なり。
一　大山となり大海となり雲雨氷雪となり形は万変すれどもその性を失わざるものは水なり。

毎日の朝礼で、私達は唱和する。私の父は、水のなかで死んだ。私も水の中に落ちて、一命を失いかけた。そう考えると、水は恐ろしいものである。しかし、水徳五則から考えれば、水は偉大で尊いものなのだ。

入学式の前夜、その日出来たばかりの制服を着てみて、私は自分を鏡に映した。

「これからは、しっかりした人間になろう」

と心に誓った。母の働き、そして私達に親切にして下さった多くの方々のことを考えると、つくづく、自分を情けなく思った。

入学式の日、見渡す限り女ばかりなので、男の子のいない学校で、三年間も我慢できるかしら、と不謹慎なことを考えながら、新しい第一歩をふみだした。

高校に入って間もなく、私は、ある雑誌記者の訪問を受けた。用件は、早稲田大学の構内で、津島園子さん（註・太宰治長女）にお会いになりませんか、ということだった。

「園子さんも、会いたいとおっしゃっているのですか？」

と私は尋ねた。

「そうです」

それなら、お会いしたいという気になった。血を分けた異母姉妹である。私は、小さい時から、一度はお会いしたいと思っていた。母の意見を求めると、

「あなたの考え通りにしなさい」

といってくれた。

「お会いします」

私は承諾した。お会いできる日が、こんなに早く来るとは夢にも思っていなかった。もっと、しっかりした大人になってから、お会いしたいと思っていたのである。

翌日、私は、記者の人と一緒に早稲田大学へ行った。文学部に在学中の園子さんと、大学近くの喫茶店で会うということだった。しかし、園子さんはいらっしゃらなかった。その間、記者は、電話をかけたり、外に出ていったり、落着かない面持ちだった。そして、今度は、文学部の校舎の前で会うことになったからと、私を喫茶店から連れだした。文学部の校舎にある食

堂で、私達は、またしばらく待っていた。記者は、ガラス窓から、じっと外ばかり見つめていた。

「あっ、園子さんだ」

突然、大きな声で叫んで、食堂を飛び出した記者のあとに私も続いた。園子さんは、今まさに、自動車に乗られるところだった。

「待って下さい」

と記者はいった。そして、園子さんに向って話しはじめた。私は、記者のうしろに小さくなっていた。園子さんの靴は、黒のエナメルで、ピカピカ光っていた。オレンジ系の中間色の、あでやかな車の前に立った園子さんは、私とは比べものにならないほど、しっかりした感じに見受けられた。園子さんは、自分で車を運転できるくらいだから、私と違って、器用な方なんだなあ、と思った。

記者の肩ごしに見ると、園子さんは、ちょっと首をかしげて、不愉快そうな顔付きをしていらっしゃった。私は、あわてて目を伏せた。園子さんと記者との間の話がなんであるか、初めのうちはよくわからなかったが、そのうち、私と話すのはいやだといっていられるのに気がついた。園子さんの声が不意にはっきりと聞えてきた。

「本当に会いたいのなら、私の家へくればいいのです」

その言葉は、強く、私の胸を刺した。自分がとてもみじめに思えてきて、強く、私はかけだした。一刻も早く家に帰りたくなった。

「まあ、そう興奮しないで」

記者が走ってきていった。

〈これが、興奮しないでいられるかしら〉

私は泣きながら、心の中で、そういっていた。

ふと、振りかえると、園子さんは、車のなかだった。車は、静かに去っていった。

帰ってから、母に話した。母は黙っていた。気持が落着いてから、考えてみると、園子さんの気持も、わからないではなかった。しかし、せめて、

「初めまして」

とぐらい、いってほしかった。そういって下さったら、私は深く頭をさげて、

「母のしたこと、本当に申訳なく思っております」

と、いおうと思っていた。

園子さんに逢ってから、それまで、未亡人の美知子夫人に本当に申訳ないと思っていた私の気持に変化が起った。母は、美知子夫人から妻の座を奪おうとか、私を津島の籍にいれてもらいたいとか、そういうことは、一度も考えもしなかったのである。そして母は、自分の罪の償いのため、というとおかしいかもしれないが、父の死後、今日まで、いろいろとつらい目に遭ってきたのだ。それを思うと、日蔭者として、そんなに申訳ないと思わなくてもよいという考えに変ったのである。

しかし、一ヵ月二ヵ月と時がたつにつれ、その考えはまた変った。美知子未亡人のお気持が、園子さんとお逢いする前と同じように、充分、察せられるようになったのである。

園子さんにお逢いした直後の、私の反抗的な態度を、母は某雑誌の手記に「治子はこの頃自分の道にそむくようなことをしました」と遠回しに書いた。それを読んで、私が家出か自殺をしようとしたのではないかと、心配して下さった方もいた。

どんなことがあっても、私は、家出や自殺をするつもりはない。ある日、一人の友達が、突然、私にきりだしたことがある。

「私、自殺したいの」

家庭がゴタゴタして、生きているのがつまらないというのが理由であった。その本人の顔を見ると、ふっくらとして血色のよい頬、夢見るような瞳、おっとりとした物腰、どこから見ても、死ぬほどの悩みの持主には見えなかった。私は、この女の子が少女小説の愛読者であることを思い出し、この人は、自殺という行為に漠然と憧れているのだな、と思った。絶対、自殺などしないとわかった。軽々しくいうその女の子に、私は皮肉をいった。

「出来るなら、やってごらんなさい。もし、あなたが自殺したら、お葬式の席上、私がすすめたのです、彼女の死んだ責任は、私にありますって、皆の前で、告白するわ」

「あなたって、ずいぶん冷たい人なのね」

と彼女は、うらめしそうにいった。

「私は、一度だって、自殺したいなんて思ったことはないわ」

私は強く、自分にいいきかせるように断言した。私は、どんなことでも、一切、母にかくさない。母が私の悩みをきいてくれるように、私も母の悩みをきいてあげる。そして、二人して、いつでも生き方を考えるのだ。

一学期の初めのころ、国語の時間に『走れメロス』を教科書で習った。父の作品を習うということは、気恥ずかしかったが、嬉しかった。先生は、私が父の子であることを知っていらっしゃるので、私は、先生が授業をしにくいのではないかということを、気にしていた。私に朗読の順番がきた。いつもより緊張して朗読した。はじめは足がふるえ、心臓も高鳴ったが、しばらくすると妙に落着いてきて、感情をこめて読むことができた。読みながら、なんて文章がうまいのだろうと、改めて感心した。

なにも知らない同級生が、私に、

「太宰治って、玉川上水で心中したんですって」

といったことがある。私はとぼけて、

「まあ、そうなの」

と返事をした。なんだか愉快だった。中学時代は、殆ど（ほとん）の友達が知っていたのに、高校では、二、三人の友達を除いて、誰も知らなかった。私は平凡な家庭の子に思われていることに満足していたのだが、それは長く続かなかった。
そんなある日、学校の帰り道、わりに仲良くしていた友達が、

「太田さんのこと、お妾さんの子だって、いっている人がいるのよ」

と教えてくれた。私の胸は、いいようのない悲しみで一杯になった。私が部屋のドアをあけると、母は昼寝をしていた。早番の日だったのである。

「ママ、ママ」

私は大きな声を出して、母をゆり起した。そして荒々しい口調でいった。

「私、お妾さんの子だって、友達にいわれたのよ」

母は、びっくりしてとび起きた。

「もう一度、いってごらんなさい」

「私は、お妾さんの……」

母はキョトンとした顔でいった。

「あなた、お妾さんの子といわれたのが悲しいんでしょう。それじゃ、愛人の子といわれれば、悲しくない？」

私は心の中で、どっちだって、変りはないじゃないかと、つぶやいていた。どちらも、私は嫌いだと考えていた。私がおし黙っているので、母はいつもの癖で、大きな目を動かしながら、次のようなことをいい出した。

「『斜陽』の和子の最後の手紙の中に、〃マリヤが、たとひ夫の子でない子を生んでも、マリヤに輝く誇りがあつたら、それは聖母子になるのでございます〃って書かれてあるでしょう。私は、この言葉を信じているの。だから私は平気なのよ」

「でもママと私は、違うわ」

「妾の子といわれて悲しむ、あなたの気持は、よくわかるわ。でも、これだけは信じて頂戴。太宰ちゃまと私のしたことは、清潔だったということ」

そんな言葉は、今までに何度もきいて、きき飽きてしまった、と私はいい返そうとしたが、やめた。母があまりにも真剣なまなざしで、私を見つめていたからである。


一年の夏休み、箱根へ一泊旅行をこころみた。生まれて初めての、母と二人の旅行だった。温泉につかっていると、入試の失敗も園子さんとのことも全部、はるか彼方に消えていってしまうような気がした。こうして別天地のような温泉に連れてきてもらえたのも、母が十年間、コツコツと働いてきたおかげである。

十月に、通叔父ちゃまの十回忌が、和田堀の本願寺別院で行われた。私は、その日を楽しみにしていた。十年ぶりに、信子叔母ちゃま、滋ちゃんに会えるからである。風の便りにきけば、滋ちゃんは、私と違って、成績優秀ということだった。そういえば、滋ちゃんは、三歳の頃から数字を読めた。

十年ぶりに対面した滋ちゃんは、十六歳の少年だった。そして葉山時代の滋ちゃんと、その少年とは、どうしても結びつかなかった。私はさびしくなった。そのうえ、ちょっと恥ずかしくなった。最後まで、とうとう一言も話さなかった。信子叔母ちゃまは、全然、変っていらっしゃらなかった。

やがて私達は、うち揃って墓地を出た。

墓地の入口には、玉川上水が流れていた。母と私は立ちどまって、しばらく水の流れを見ていた。川は深く、濃い青味を帯びていた。

「ひきずりこまれそうね」

母は、そういってから、溜息をついた。そして、

「都民の飲料水になる川よ」

父は、この川のずっと上流で、死んだのである。私はしみじみといった。

「太宰ちゃまは、勇気があったわね。川に身を投げるなんて、私には到底、真似できないわ」

「本当ね。私が太宰ちゃまに惹かれた一つの原因は、太宰ちゃまが、自殺の常習犯だったというこ とにあるの。私は、死ぬのがこわい人間でしょう。しかし、太宰ちゃまは、何度も死のうとしたことがあるでしょう。太宰ちゃまと付き合っていたら、私も死ぬのがこわくなくなると思ったの。でも駄目だったわ」

ぼんやりしてしまったような母の横顔を見ながら、私はいった。

「でも、こうも思うのよ。太宰ちゃまは、人一倍、死ぬのがこわかったんじゃないかしら。だからこそ、何度も自殺しようとしたんじゃないかしら」

川は、かなりの速さで流れていた。

滋ちゃんが、あんなにも変ったということは、私もまた、変ったということなのだ。月日も、水の流れと同じように滔々と流れていく。滋ちゃんは、葉山の海岸で貝を拾ったことや、私のことをヤドカリのハボタンと呼んだことを覚えているかしら。通叔父ちゃまの亡くなった日に、はしゃいでいたことも。私は、虫歯になった前歯をのぞかせて笑っている、葉山時代の滋ちゃんの顔を、思い浮かべていた。私が滋ちゃんのことを思っている時、母はまだ父のことを思っていた。

「私が死んだら、この墓地の片隅に埋めてね。あなたの力で、お墓を建ててね。私は、あの世では、太宰ちゃまには会わないのよ」

「どうして？」

「ばちが当るような気がして」

「ママって、古いわね。私は一度くらいなら会ってもいいと思うな。ママは、今だって、太宰ちゃまのお墓に参らないでしょう、お参りすると、ばちが当るといって。ママの、そういう古い、迷信深いところ、私きらいよ」

「この川の上流に、太宰ちゃまのお墓があるのね」

母は、ポツンといった。

最近、母と私は、こんな会話をして、夜を更かした。

「ねえ」と母は妙に間のびした声で話しかけてきた。

「通叔父ちゃまは、亡くなる前に、私達のことを、並木さんに頼んで下さったでしょう。それにひきかえ、あなたの父上は、どうして、どなたかに一言頼んだり、遺書をのこして下さったりしなかったのかしら」

「ママ、いつだったか、いったでしょう、私達への遺書は、『斜陽』の和子の最後の手紙だって」

「私、本当にそう思っているの。でも……」

「そんなこと、考えていても仕方がないでしょう。とにかく私達には、『斜陽』という立派な遺書があるんですもの。仕合せよ。それより、ママ、太宰ちゃまの死んだ原因を教えてあげましょうか」

私がそういうと、母は、ただささえ大きな目を、一層見開いて、私の顔をじっと見つめた。

「これは、あくまでも私一人の考えなんだけど、太宰ちゃまは、私が生まれなかったら、死ななかったと思うの」

「どうして、そう思っているの？」

私は得意になって、説明を始めた。

「太宰ちゃまは、律義なところがあったでしょう。井伏さんのお仲人で、美知子さんと結婚した際、井伏さんに誓約書を書いたでしょう。〝もし、今度、僕が浮気したら気がちがつたと思つて下さい〟って。太宰ちゃまは、真剣な気持で、これを書いたのよ。一生きちんと暮そうと、固く決心したのよ。私はその時の、健康な太宰ちゃまが好きよ。その頃書いた『富嶽百景』も好き。とにかく、そういう誓約書を書いたにもかかわらず、ママとああいうことになった。そして子供まで出来た。その罪の重さに、すごく悩んだのじゃないかしら。そして結局、死ぬはめになったのだと思うの。晩年、あれほど尊敬していた井伏さんのこと、悪口いって、つとめて避けるようになったでしょう。そんなことしないで、井伏さんに手をついて、約束をたがえて申訳ありません、しかし、どうすることも出来なかったんです、といって、あやまればよかったと思うけれど、気の弱い太宰ちゃまには、それが出来なかったのよ」

母は黙っていた。私は、お調子にのって、しゃべり続けた。

「私、二ヵ月くらい前、簞笥の中をゴソゴソしていたら、古い週刊誌が出てきたの。その中に、山崎富栄さんの日記の一部分が載っていたの。私、ママに黙っていたけど、それを読んだの。口惜しくて泣けてきたわ。一番、頭にきたのは、私のことを〝斜陽の子〟ではあっても、津島修治の子ではない、愛のない人の子だと、太宰ちゃまがいったって書いてあったところ。それを読んだ時は、太宰ちゃまって、本当にひどい人だと思ったわ。でも今は平気よ。あれは、山崎さんをおこらせないためにいったのだ、本心からいったのではない、と考えられるようになったから。私はやっぱり、私が生まれた時、太宰ちゃまから書いていただいた命名のお墨付の言葉〈この子は私の可愛い子で父をいつでも誇つてすこやかに育つことを念じてゐる〉を信じているの」

「山崎さんの日記、読んでいたこと、どうして黙っていたの?」

「ごめんなさい。でも、私、つくづく思ったの。太宰ちゃまを死なせたのは山崎さんだといって、山崎さんを悪くいう人もあるけれど、私は、ちっとも悪く思わないわ。たとえ、山崎さんが無理に誘ったとしても、そこまで、山崎さんの気持を追いつめたのは、太宰ちゃまでしょう。山崎さんが、のぼせるようなことを、いっぱい言っていたのよ。やっぱり、太宰ちゃまの方が悪いのよ。それから私、山崎さんの日記を読んだからいうわけではなく、人から〝斜陽の子〟といわれるのが、たまらなく厭なの。私は、父と母の深い愛情から生まれてきたのであって、『斜陽』から生まれてきたのではないわ」

私がこういうと、母の顔は、悲しそうになり、やがて子供っぽい感じの表情になって、こういった。

「私は、その言葉に、それほど反感を持たないわ。私は太宰ちゃまの書く『斜陽』に、すべてを投げだしたのよ。その結果、子供が生まれた。それは、斜陽の子に違いないじゃないの」

「何といっても、いやなのよ。ママ、『斜陽』にすべてを投げだしたなんて、いやらしいこといわないで下さい。その言葉、きくたび、身ぶるいがするの」

「投げだしたということが、どうしていやらしいの。美しいことなのよ。あなたには、まだわからないの」

「わからないわ」

「とにかく、太宰ちゃまも私も犠牲者なのよ」

「犠牲者？　ますます、いやな言葉だわ。自分で自分のことを、そんなふうにいうのは、おかしいわ。甘いわね、ママは」

私も負けずにいい返す。母は大声を張りあげた。

「親を馬鹿にするようなこと、いうと、承知しません」

私達の喧嘩は、いつも、こうして始まった。その日に限らず、喧嘩の糸口は、きまっていた。私達の口喧嘩を、空の上から、父はどのように思って、聞いているであろうか。またかと、ニヤニヤして見ているに相違いない。


この数年の間で、最も嬉しかったことは何かと、もし聞かれたら、私は、昨年の夏、軽井沢で瀬戸内さんにお会いしたことだと答えるつもりである。

正直にいって、私は瀬戸内さんとお会いするのが不安だった。がっしりした、こわそうな方に思えてならなかった。もし鋭い目で詰問されたりしたら、どうしようと心配であった。しかし、そんな予感は、瀬戸内さんのお姿を見た瞬間、ふっ飛んでしまった。瀬戸内さんは、ほっそりとした、とても女らしい方だった。私は挨拶をかわしながら、胸のうちがあつくなるのを覚えた。これが一目惚れというものだろうか。こんな経験は生まれて初めてであった。

瀬戸内さんと、しばらくお話ししていると、以前どこかでお会いしたことがあるような親しみを、自然に感じていた。

翌日、瀬戸内さんは、私を鬼押出しのドライブに連れていって下さった。

瀬戸内さんは、私に、サングラスを貸して下さった。サングラスをかけて車に乗ると、女優さんになったような気持がした。快適だった。瀬戸内さんはその日、ブルーの着物を着ていらっしゃって、私もブルー系の洋服を着ていた。それがまた、嬉しかった。

鬼押出しの奇怪な光景は、私の目を奪った。そしてそこから見る浅間山は、とても女性的でやさしかった。三年前、八ヶ岳へいった時に見た、男性的でこわい印象の浅間山を、私は思いだしていた。瀬戸内さんも、こわい方と思っていたのが、お会いすると、女性的でやさしい方だった。浅間山と同じだな、と妙なところに感心していた。

鬼押出しの楽焼のお店で、おうすのお茶碗を描いた。同行のカメラマンの方の注文であった。私の塗り方が雑だったので、焼きあがると、凸凹が相当ひどかった。それを瀬戸内さんは、

「よく出来たわ」

といって下さった。私は、しばらく顔をあげられなかった。

また瀬戸内さんは、私のことを素直だといって下さった。しかし、母に口答えする私は、素

直だろうかと考えると、首をかしげたくなる。素直でないとしたら、私は、瀬戸内さんの前でお芝居をしていたことになる。そう思って、私は今でも、悩んでいる。

鬼押出しの帰り、車中から見た太陽は素晴しかった。本当に真赤な大きい太陽だった。私は今まで、あんなに大きな太陽を見たことがなかった。その太陽は、ゆらゆら揺れながら、山裾にかくれようとしていた。

「治子さん、ごらんなさい」

瀬戸内さんは、弾んだ声でいわれた。この、赤々と燃えたぎるような、力強い落日を見られただけでも、私は軽井沢に来た甲斐があったと思った。

その晩は、瀬戸内さんのお家に泊めていただいた。二人きりになると、瀬戸内さんは、私の話を親身になって聞いて下さった。

お風呂は、お隣の湯浅芳子さんのお家でいれていただいた。湯浅さんは、ロシア文学の研究家でいらっしゃるそうだが、とても楽しいおばあさまだった。湯浅さんのお家には、もう一人きれいなおばあさまがいらっしゃった。尾崎一雄先生の奥様のお姉さまで、瀬戸内さんのお茶の先生をなさっていらっしゃるとのことだった。

そこで私は、早くも失敗をした。腕時計と、瀬戸内さんからいただいたばかりの首飾りを、お風呂場に置き忘れてしまったのである。瀬戸内さんにいうと、

「そこが、また、あなたのいいところなのよ」

と瀬戸内さんはいって下さった。いつも、私はそういう失敗をして人から馬鹿にされ、それがたまらなく悲しいのだが、瀬戸内さんは、私を傷つけまいとして、ああいって下さったのだろう。私はますます嬉しかった。

私は、よその家で寝ると、眠れないたちなのに、その晩は、ぐっすり眠った。

翌朝、何年ぶりかで作られたという、瀬戸内さんお手製の朝食をいただいた。それは、とてもおいしかった。一緒に朝食をいただいていると、瀬戸内さんにくらべて、家で待っている母が、妙に色褪せて感じられた。母は、若い時から、瀬戸内さんのような、女の逞しさを持っていればよかったのに、と思った。私は、瀬戸内さんのそこを見習って、生きていこうと思った。

その日、瀬戸内さんと上野行の汽車に乗った。来る時の不安に代って、その時の私には、自分の未来への希望が湧いてきた。

〔1965（昭和40）年4月「新潮」初出〕

津軽紀行

関西のテレビ局の方から、父の番組を制作するため、あなたに津軽へ行ってもらいたいという速達を受け取ってから十日後、私は、弘前から五所川原へ行く自動車の中にいた。私のほかに、車内には、今回の旅行に同行して下さることになった評論家の奥野健男先生と、婦人公論の婦人記者Tさん、弘前高校のS先生がいらっしゃった。

すでに、津軽へ来てから、二日たっていた。

これまでに私は、ねぶたの終ったばかりの青森・弘前を見てまわったが、まだ、津軽へ来た実感が湧いていなかった。

私が、やらなければいけない英語の勉強やアルバイトをほうり出して、津軽に来たのは、父の生まれ育った津軽を、この目で確かめたいという中学のころからの願望があったのに加え、もしかしたら、自分の生まれ方についての悩みが、津軽へ行ったら解消されるかもしれないという大それた考えが閃いたからだった。それだけに、まだ実感が湧かないというのは、実にみじめなことだった。

私は、父の『津軽』に出てくる、「信じるところに現実はあるのであつて、現実は決して人を信じさせる事が出来ない」という言葉を心の中で何度もつぶやき、自らを慰めていた。

車が五所川原に入ったのは、日がかたむきかけ始めたころだった。この町には以前、父を可愛がってくださったおばさまがおいでになり、今はそのお嬢さまがここで歯医者さんをしていらっしゃるということだった。

またここには、私たちがこれからお訪ねする中畑慶吉さんのお宅があった。中畑さんは父の小説によく出てくる方である。

『津軽』で、父は中畑さんのことを簡単明瞭にこう説明している。「私の二十代に於けるかずかずの不仕鱈（ふしだら）の後仕末を、少しもいやな顔をせず引受けてくれた恩人である」

車は町の通りに面した、ひっそりと落着いた構えの呉服屋さんの前でとまった。奥野先生の後に続いて店の中にはいると、板の間の奥に白い涼しげな着物を着た、白髪混じりのおじいさんが、綺麗な座布団の上に、ちょこなんと坐っていらっしゃるのが見えた。

「中畑さんだ」私は即座に思った。写真の中畑さんに私は幾度となくお逢いしていたのである。中畑さんは、なんの前ぶれもなしにやってきた私たちにびっくりされたらしく、大きな目をしばたたかせながら立ち上がられた。中畑さんは写真で想像していたより、かなり髪や眉が白かった。しかし姿勢は正しく、とても八十近い老人とは思われない。私は型どおりのあいさつをすませると、中畑さんはだしぬけに大きな声を出された。

「治子さん、もう何も考えなくていいんだよ、何も考えないで、勉強しなさいよ」

私はあまりの驚きに、一瞬ぼんやりしてしまった。中畑さんが、私の気持をすべて、わかっていて下さるなどとは、思いもよらぬことだったのである。

私の胸の底から、どっと、津軽へ来てよかったという思いが突き上げて来るのを感じた。何も考えずに、勉強する、そうすることが、十八年間、私をたった一人で育ててきてくれた母に対する一番の親孝行であり、私も幸せになれることなのだとは、わかり過ぎるぐらいわかっていたのに、私はそうしてこなかった。

父のこと、私の生まれ方、あれこれと考えては気を散らしていた。遊んでいる時でさえ気を散らしていた。

だから私は何をやっても中途半端なことしかできなかった。高校生になり、母の犯した罪は、私をここまで育てたことによって救われるが、私が生まれたという罪は、どんなことをしても、ぬぐい去ることができないことを発見して、それはますますひどくなった。私は自分の胸の中に、勉強に没頭しよう、遊びに専念しようという気持を、がんじがらめにしばりつける重い鎖のようなものがあるのを感じた。

「ママは私を生んだことを、罪だと思っていないのでしょう。そうでしょう。だから平気で生きていられるのね」

そんな思ってもみないことをいっては、ますます胸を重くしていたのである。

しかし、絶望はしても、私は生きているのが厭になったということは一度もなかった。

父の、「この子は私の可愛い子で父をいつでも誇つてすこやかに育つことを念じてゐる」というお墨付の言葉と、「マリヤが、たとひ夫の子でない子を生んでも、マリヤに輝く誇りがあつたら、それは聖母子になるのでございます」という『斜陽』の終章の言葉から〝太陽のように生きてほしい〟という、父の心を感じとっていたからであった。

中畑さんに別れを告げ、ふたたび車で金木の町に着いた時は、もう日がとっぷりと暮れていた。金木は、父の生まれた町である。現在父の生家は、斜陽館という名前の旅館になっている。今夜ここで泊り、元金木町長の父の下のお兄さま、英治伯父さまにお逢いすることになっていた。津軽に父のお兄さまがいらっしゃるとわかってから、津軽へのあこがれを持つようになった私は、今回の旅でそれを一番の楽しみにしていた。しかし、なんの連絡もせず、一方的にお訪ねするということを、五所川原で知ってから、それは実に恐ろしく、不安なことに思われて来た。

そのような私の心の動揺にかかわりなく、車は斜陽館に着いた。街灯の光に、赤レンガの塀に囲まれた大きな家が、くっきりと浮かびあがっていた。

斜陽館で、ひと休みした私たちは、ふたたび夜道を、英治伯父さまのお宅へ向っていた。だんだん私の胸の緊張感は恐ろしいぐらいにふくれあがってきていた。中畑さんからいただいた言葉をおみやげに、いっそこの車で、東京に帰ってしまおうか、そんな突拍子もないことを私は真剣に考えた。

英治伯父さまのお宅に着いたのは、斜陽館を出て、ものの十分もたたないうちだった。私は何の心の整理もできぬうちお逢いすることになったのが、とても気になった。

すでに何度か英治伯父さまと面識があり、今回の旅行の案内役を買って出て下さった弘前高校のS先生、それに奥野先生、お二人のあとに続いて玄関まで行くと、中から中年のご婦人がゆったりと出ていらっしゃった。英治伯父さまの奥さま、すなわち私の伯母さまにちがいなかった。

「奥さん、お久しぶりです、東京から治子さんを連れてきました」

S先生は、せきこんでおっしゃりながら、背後にいた私の肩を押された。伯母さまは私の顔をびっくりしたように見つめられたが、すぐに、

「あっ、ちょっと待って」

とおっしゃって、そそくさと中にはいっていかれた。

いつのまにか私の心から、重苦しい緊張感が消え去っていた。まもなく、伯母さまと一緒に、着物姿の長身の、英治伯父さまが頭をかきながら出ていらっしゃった。

「寝酒を飲んで、いい気持で眠っていたものですから、どうもお待たせしてしまって」

やはり伯父さまは父と同じくお酒好きなのかと思うと、私の顔にはおのずと笑いがこみ上げてきた。

私は薄暗い電気の下で、英治伯父さまとお逢いしていることが、もどかしくてならなかった。英治伯父さまのお顔が、はっきりわからないからである。英治伯父さまにも私の顔が、はっき

りおわかりになっていないのに違いない、そう思った時、だしぬけに奥野先生が、「どうです、治子ちゃん、太宰さんに似ているでしょう」と言われた。
「似てますです」
英治伯父さまは、なんらちゅうちょすることなしに、そう答えて下さった。私は英治伯父さまに対する感謝の念と恥ずかしさとで、身体を小さくした。
私たちはこれから賽の河原の地蔵尊のお祭りに行く予定があったので、すぐおいとますることになった。帰りしな、S先生は、
「明日の夕方、斜陽館に来ていただけませんか」
と遠慮深くお願いされた。それに対して、英治伯父さまは手でひざをこすりながら、何度も大きくうなずかれた。
賽の河原へ向って走る車の中で、私は目をつぶって、五つ六つのころ、懸命に母から教わった「ごえいか」を思い出していた。
二つや三つや四つ五つ
十にもたらぬみどり子が
さいの河原にあつまりて
父こいし　母こいし
こいしこいしと泣くこえは

この世の声とはことかわり
かなしさ骨身をとおすなり
かのみどり子の所作として
河原の石をとり集め
これにてえこうの塔をつむ
一つつんでは父のため
二つつんでは母のため
三つつんではふるさとの
兄弟我身とえこうして

小学校に行くようになってからも、私はよく、この「ごえいか」を、母と二人声を張り上げて歌った。歌ったあとで、母は、自分の生まれた近江(おうみ)の国の、楽しかった地蔵祭のことを語ってくれた。

これから私は、「父の国」の、津軽の地蔵祭に行こうとしている。

道が急に細く、暗く、ひどいでこぼこになった。

賽の河原の入口に差しかかったのだ。

親に孝行をしないうちに死んだというだけで、あれだけのひどい仕打ちを受けるのだとすれば、〝生まれてすみません〞などという言葉を平気で使っていた父は、どんな仕打ちを受けるのだろうと考え、暗い気持になった。

いったい、父は賽の河原の話を、どう感じていたのか、問いただしてやりたい欲求に私はかられた。

細い道を通り抜け、広い空地に出たところで私たちは車を降りた。本堂までの道には五メートルぐらいの間を置いて、花火や駄菓子を売っている露店が二、三軒、軒を並べていた。どの店もどこか投げやりな感じで、東京の縁日のような華やかさも、母から聞いた近江の地蔵祭の無邪気な楽しさも、そこにはなかった。

時間が遅いせいもあろうが、露店の前にたむろしている人の大半が、手ぬぐいで頬かむりした六十、七十の老人であることが、ますますその荒涼感をきわだたせていた。

さすがは津軽の地蔵祭、私は変なところに感心していた。

ずんずん歩いていくと、やっと本堂にたどり着いた。

中は大小さまざまの奇妙なお地蔵さまでいっぱいだった。大きいお地蔵さまは胸に名前を書いた学生服に身を包み、学生帽をきちっとかぶり、小さいお地蔵さまは、着物姿に前垂れをして、ベビー帽や正ちゃん帽を可愛らしくかぶっていた。どのお地蔵さまも絵の具で綺麗にお化粧されていた。そしてその前には、もち菓子や、おせんべいがうずたかく積まれていた。

凄絶（せいぜつ）という以外何とも形容しがたいこの様相に、私は、厚化粧満艦飾の盛装をした女性に逢った時覚える哀愁と同じものを感じて、ぼうぜんと突っ立っていた。

S先生に促されて本堂の裏へ出ると、そこには、また違った不思議な世界が展開されていた。猫のひたいほどの狭い敷地に、二十人近くのイタコが、めいめいのござの上に肩をならべて坐っているのだった。ほとんどのイタコは、じゅずをガラガラとこすりながら、わけのわからないことをつぶやいていた。口寄せをしているのだった。

口寄せなど全然信じていない私は、軽蔑と敵意を持ってこの場所に来たのだが、イタコたちのほとんどは目がつぶれていて、着物が貧しいのを見ると気持は変った。そして口寄せ代が、わずか百円だと聞くと、ますます好意的になった。

口寄せの光景は、思ったより奇抜でも暗くもなく、むしろ生活力を感じさせた。

私の気持を、さくばくとさせたのは、まだ、盲目になってまもないらしく、黒眼鏡をかけ、はずかしそうにうつむいている五十年配のイタコの姿であった。彼女には先ほどから一人の客もなかった。黙って身動きもせず坐っているさまは、なんとも哀れであった。

帰りしなにもう一度本堂に寄ってみた。今度は本堂の中で踊りが始まっていた。しょっちゅう交替する歌い手さんの歌にあわせて踊り狂っていた。手足を極端なまでに上げたり、下げたり、実に原始的な踊り方であった。時折りヒャーッという南方の土人のようなかけ声が耳をつんざいた。

物につかれた表情で踊り狂っている人たちのほとんどは、おとなしそうな顔をしたおじいさん、おばあさんであった。

きょうはまったく没我の状態でいるけれども、いつもは畑や店先でせっせと働いている人たちに違いなかった。私はふと今自分の横に父がいてくれたらと思った。父なら今、私が感じている孤独感をわかってくれるに違いなかった。


翌朝、斜陽館の一室で眼をさましたのは、七時近かった。斜陽館のなかには、六男坊の父の部屋がなかったと聞いて、屋敷の内部への興味は半減していた。

ガラス越しに外を見ると、なだらかな梵珠(ぼんじゅ)山脈が起きぬけの私の眼にしみた。朝のうちに、一人で金木の町を散歩してこよう、私は山なみを見ながら考えた。

朝の金木の町は、人通りも少なく、さわやかであった。通りに出ると木材をひいた馬が通り過ぎた。カッカッカッという小気味よいひづめの音は、そのまま金木の町の感じであった。父は金木の町のことを『津軽』に、「善く言へば、水のやうに淡白であり、悪く言へば、底の浅い見栄坊の町」と書いていたが、そのとおりだと思った。

私が帰ろうと、今きた道を引きかえそうとした、その時であった。突然、背後から、

「治子さん、治子さん」

と呼ぶ声がした。びっくりして振りかえると、とある呉服屋さんから、こちらに向けてかけてくる中年の婦人が見えた。

「あれ、どなたかしら」

私は一瞬当惑した。二、三メートルしか離れていないところにきて、やっとそれが昨夜お逢いしたばかりの、英治伯父さまの奥さまだとわかった。昨夜はうす暗がりで、お逢いしたお顔の印象がぼやけていたのである。

「お店のなかで、通りをぼんやり見ていたら、どうも治子さんらしい人が通り過ぎたの。もしやと思って声をかけたら、やっぱりそうだった」

伯母さまは、にこにこなさりながらおっしゃった。

私は、うす暗がりでお逢いした私の顔を覚えていて下さった伯母さまに感激した。そしてその分、一瞬とまどった自分の腑甲斐(ふがい)なさが腹立たしかった。

「治子さん、それにしてもどうしてこんな時分、一人で歩いているの」

私は素直に斜陽館内部見学にあきたらず、金木の町に出たのだといった。

伯母さまは十日と四日は、おじいさまとおばあさまのお命日なので、朝必ずお墓まいりに行くので、今はその帰り途だと教えて下さった。

「菩提寺(ぼだいじ)は、すぐこの近くですから、一緒におまいりしましょう」

とおっしゃって下さった。私は誰の指示も受けず、ふらっと出た散歩で偶然伯母さまにお逢いして、一緒に、おじいさま、おばあさまのお墓まいりができることを、偶然ということで片づけてしまうことのできない、もっと大きい力に動かされているような気がしてならなかった。

私は伯母さまによりそってあるいた。

山門をくぐると、そこにはねむの木が、ぼおうとねむたげな紅い花を咲かせていた。ねむの花は今朝私と一緒のころ眼をさましたのだろうか、と私は考えた。

津島家の廟所(びょうしょ)には、三つの墓石があった。一番はじの墓石は、

貴族院議員津島源右衛門

と書かれ、何やらいかめしいものであった。私は『太宰治アルバム』で見た、おじいさまの長いお顔を思い起し、次に、たねおばあさまの気弱な、おさびしそうなお顔を思い起した。父は、おばあさまのことを、『津軽』の中で、「先年なくなつた私の生みの母は、気品高くおだやかな立派な母であつたが、このやうな不思議な安堵感を私に与へてはくれなかつた」と書き、『思ひ出』の中でも、うらみがましい思い出を書いているが、その箇所は、父が自己本位に解釈しているのだと、おばあさまに申しわけなく思った。おばあさまは、たけさんや五所川原のおばさまに負けないぐらい、父のことを思っていらっしゃったのだと思う。ただ、おばあさまは気弱でおとなしいお方だったので、それをうまくあらわせず、誇り高く自意識の強い父から誤解されたままお亡くなりになったにちがいない。

最後に、東京で一人私の帰りを待っている母の顔が浮かんだ。今朝の墓参を聞いて誰よりも喜んでくれるのは母にちがいなかった。

〈ママ、治子は今、英治伯父さまの奥さまとお墓におまいりしています。ママは、そんなこと

をしてもいいの、というかも知れない。私にだって、そういう気持がある。でも私は今朝ひとりで外へ出て、伯母さまとお逢いしました。これはきっと、おじいさまやおばあさまが許して下さったからだと思ったの〉

私は今すぐ母に話しかけたい気持になった。

いい気持でお散歩から帰ってくると、奥野先生、Tさん、それにテレビ局の方たちが、どこにいったのかと心配していられた。私が津軽に来た以上、きょう、どうしてもしなければならないことがあった。それは芦野公園の太宰碑との対面だった。

昼食を食べ終ってから、私は瀬戸内晴美さんから買っていただいたばかりの格子のツーピースに着替えた。

芦野公園は斜陽館から自動車で十分ぐらいのところにあった。父の記念碑は黒岩の上に鳥がはばたいている一種変った碑であった。

その日の夕方、英治伯父さまは、お約束どおり斜陽館においでになった。私たちは下の大広間へいって、夕食をともにした。ごちそうと一緒に、お酒がつぎつぎとはこばれてきた。私のはす向いに坐られた英治伯父さまは、少し薄くなられた頭に手をやって、

「治子さんは私がこんなにおじいさんだとは思っていなかったでしょう」

といわれながら、愉快そうに笑われた。今朝のお墓まいりのことをいうと、またいっそう愉快そうな声を出されて笑われた。その笑い声を聞くたびに、私は心のやすらぎを覚えるのだった。

突然、伯父さまは、

「治子さん、血縁の盃だ」

といって、盃を私に差し出された。私は、英治伯父さまの隣に坐り直した。次には私がお返しをする番であった。

伯父さまは何杯も盃をおかわりされたが、お顔の色は少しも変らなかった。酒は父も強かったというが、英治伯父さまと比べてどうだったのかしら、そんなことを考えながら、おしゃくしているうちに、ふと、英治伯父さまが父のような錯覚をおぼえた。

もし父が生きていて、偶然今逢ったとしたら、父は、

「治子、父子(おやこ)の盃だ」

といって私に盃を差し出すだろうか。それとも逃げ出してしまうだろうか。私はそのどちらかだと思った。間違っても「治子、大きくなったなあ、よかった、よかった」などといって、泣いたり、わめいたり、大騒ぎはしないと思った。

夜も大分更けてきた。英治伯父さまは、つと立ちあがると、一番はじに坐っていられた奥野先生の所へ行かれた。

「いいですよ。どうぞ、連れていって下さい。帰りはどんなに遅くなっても結構ですから」

奥野先生の大きな声が聞えた。英治伯父さまはおおような態度で戻ってこられた。しかし、すぐにまた、何か思い出されたらしく、奥野先生の所へ行かれた。先生の先ほどより一段とはずんだ声が聞えた。

「いいですよ、こちらからお頼みしようと思っていたところです」

英治伯父さまが私の隣へ戻っていらしてから、奥野先生は私に向って、

「治子さん、今晩は、伯父さんの家で泊っていらっしゃい」

とおっしゃった。

英治伯父さまと車に乗ってから、しばらく私は口をきけずに、ただぼんやりしていた。奥野先生から「泊っていらっしゃい」といわれてから今まで私は言葉らしい言葉をほとんど発していなかった。

きょう一日のうち、考えてもみなかったことが二つも起っていた。

一つは、お墓まいりができたこと、一つは、これから英治伯父さまの所へ泊めていただきにいくことである。もしも、今朝のことが前々からわかっていて、伯母さまと二人だけでおまいりしたのでなかったら、私の感動はもっと淡かったにちがいない。また、英治伯父さまのお家にお泊りすることが事前からわかっていたら、今、私は落着きはらって、伯父さまとお話しし

ているにちがいない。私は、「信じるところに現実はあるのであつて、現実は決して人を信じさせる事が出来ない」という言葉の重みをはっきり感じとっていた。

伯父さまのお家では、伯母さまがお一人でひっそりとお帰りを待っていらっしゃった。一人息子の一雄さんは十年以上も前に結婚なさって別にお家を持っていられ、この真新しい静かなお家には、伯父さまと伯母さま、お二人だけということであった。伯母さまに今朝のお礼を申しあげている間に、伯父さまは背広から着物に着替えられ、

「あつかんを一つ」

と、伯母さまにお頼みになった。私は、津軽旅行が決まってから、もし、英治伯父さまにお逢いでき、お話しすることができたら、父の少年時代の性質やエピソードなど、いろいろおききしたいと考えていた。

しかし、伯父さまと二人きりになると、何をおききしてよいのか、さっぱりわからなくなっていた。もう何もおききしなくてもよいような気持になっていた。そこへ、伯母さまが、あつかんと一緒に古いアルバムを持ってはいっていらっしゃった。

古いアルバムには、父の中学・高校時代の写真があった。中には初めてみる写真もあった。どれもにやけていて、これでは『思ひ出』に出てくるように、いろんな先生にぶたれるのも無理はないと思った。

私は昨年の秋、弘前高校時代に父と同級だったSさんという方から、父のことを教えていただいたことを思い出した。

「津島君は、至極まじめな、おとなしい生徒でした。津島君の作品のほとんどから感じるような暗さ、異常さはどこにも見受けられませんでした。あれは、津島君の文学の世界だけのものだと僕は思います。ただ一つ、私が気になっていたことは、津島君は友達から、どんな馬鹿話をされても、どんなに迷惑をかけられても、いつもにこにこしていたことです。しかし、その笑顔は、心からの笑顔ではないため、時折り不自然に歪(ゆが)んでいました」

母と二人で、同じ永福町のSさんのお宅へ、父のお話を伺いにあがった時、Sさんは会社の重役をしていらっしゃった。Sさんの奥さまが、母と実践女学校時代に同じ寮だったので、Sさんのお話をうかがうことができたのである。父は自分の文学に没入して、溺れてしまったのであって、もともと、暗く異常な人ではなかったというSさんのお話は、ありがたかった。

Sさんは、父のお話をして下さってから一ヵ月も経たないうち、心臓マヒで急にお亡くなりになられた。私は、なんともいえない気持になった。

私は津軽へ来て、何度となく、Sさんの落着いたお顔を思い出していた。

翌朝、おじいさまの大きなお写真が飾ってあるお部屋で目をさましたのは、七時をとっくにまわってからだった。隣の茶の間から、英治伯父さまと伯母さまの話し声が聞えてきた。

昨晩は十一時前に床についたので、今朝は早く起きられるはずだった。顔を洗って、茶の間にはいると、そこにはもう朝食の用意ができていて、伯父さまと伯母さまが向いあって、私を待っていられた。

米粒くらいの金木の納豆、しそでつつんだ金木の梅干、冷たく冷やされた卵豆腐、昨日お家でとられたといういんげんのゆでたもの、皆、伯母さまのお心がこもっていて、実においしかった。

九時過ぎ、斜陽館に帰ることになった。私はおみやげに金木の梅干と、おじいさまのお写真、それに英治伯父さま、伯母さま、お孫さまのお写真をいただいた。

伯母さまに玄関でお別れした。きっと近い将来、お逢いできる、そんな予感が私にはあったので、短いお別れのあいさつをした。

今朝の金木は実によいお天気である。まだ九時を少し廻っただけなのに、目をまともにあけていられないほど、日ざしが強かった。伯父さまの家を出るとまもなく津軽鉄道の線路に出た。ここから金木の駅まで線路づたいに歩くのが、斜陽館への近道だと、伯父さまはおっしゃった。伯父さまと肩を並べて歩きはじめた。線路を歩いているのは私たち二人だけだった。斜陽館に着けば、もう二人きりになれる機会はないだろう、今のうちに私は伯父さまにお礼を申しあげよう、そう思った。しかし昨夜はあんなに平気でおしゃべりができたのに、いざ改まってお礼を申しあげようと思うと、なんだか急に気恥ずかしくなって、言葉が出ないのだった。

まもなく金木の駅が見えて来た。私は力んだ。

「伯父さま、あの、私」

そこまでいって私は自分の言葉にびっくりした。英治伯父さまに向って、伯父さまと呼んだのは、初めてであった。奥野先生やS先生の前では何のこともなく出てくる英治伯父さまという言葉が、いざ、伯父さまの前に出るとなにかおそれおおい、恥ずかしい気持が先に出て、言いよどんでしまうのだった。

こんなに自然に、伯父さまという言葉が出てくるとは思わなかった。いってしまって、私は急に晴れ晴れとした。しかし、伯父さまは、おわかりになっていらっしゃらないようだった。もしかしたら、私の声はお耳にはいらなかったかもしれなかった。いきおいこんで、今度は大きい声でいった。

「伯父さま、いろいろと、ありがとうございました」

伯父さまは黙って、うなずかれた。

金木の駅に出てから急に英治伯父さまは忙しくなった。いろんな人に出逢い、そのたびに、伯父さまはあいさつをなさるのである。「おはようございます」とあいさつしただけで通り過ぎる人、ちょっと立ちどまって話しかける人、みんな英治伯父さまの隣にいる私を「誰だろう」と横目でちらっと見て通りすぎていった。そのたびに、

「私は英治伯父さまの姪よ」

と、いいたい衝動にかられた。こうして二人で歩いていると、ふと、父も小説など書いたりせず、金木でのんびりと暮したらよかったのにという気持になった。しかし、そういう父であったら絶対私はこの世に生まれていないはずだった。

そこまで考えると、またしても私の頭は混乱してくるのだった。斜陽館にもどると、奥野先生、S先生、Tさん、それにテレビ局の方、皆、よかった、よかった、といって迎えて下さった。私は二階にかけあがり、すぐに荷物をまとめにかかった。

午前中に私たちは、父の『津軽』や『思ひ出』に出てくる小泊(こどまり)のたけさんのお家へ向けて出発することになっていたのだ。津軽へ出発する間際に、瀬戸内さんから拝借した旅行カバンは、中畑さんからいただいた津軽塗りの下駄や、S先生から買っていただいた小型のねぶた、英治伯父さまからいただいた数々のおみやげで、はち切れそうであった。下に降りると、すでに一台目の車にテレビカメラが積み込まれていた。

英治伯父さまと記念撮影をすませると、私はあわてて車に乗り込んだ。私は最後に何か一言、英治伯父さまとお話ししたい欲求にかられた。しかし気持とは反対に、私の口からはなんの言葉も出てこなかった。ぼんやりしている間に車は動き出した。

「今度また、くることになったら必ず連絡して下さい」

英治伯父さまが追いかけるようにまたいわれた。私はさっきから一言もしゃべっていないのにひきかえ、英治伯父さまはさっきからその言葉を三回も繰りかえしていわれていた。私は胸がぐっとつまって、ますます何もいえなくなっていた。私が金木の町への諦めがまだつかないうちに、車は中里にはいった。父の『津軽』によると、父がたけさんに逢いに小泊にいった時は、この中里からバスに揺られていったらしい。

私はたけさんにお逢いすることについては何の心配もしていなかった。『津軽』を読んで、父があれほど好きなたけさんなら、私もきっと好きになるに違いない、そう堅く思い込んでいたのである。それに私は、たけさんの写真を数年前、卒論に『太宰治』を書くため、津軽へいき、たけさんと逢ってきた方からいただき、それをアルバムに貼ってよく眺めていたから、初対面のような気がしていなかった。

十三湖が見えてきた。私は車の中から見ているのにあきたらなくなり、車を降りて足を水にひたしながら、とくとあたりを見渡した。だだっ広い青ざめた感じの湖であった。

やがて日本海の海岸に出た。紺碧のビロードを敷きつめたような静かな海、そして車の通る岩場づたいには、はかなく消え入りそうな美しさを持ったはまなすの花が、ところどころ咲いていた。その対照があまりにも似通って美しいので、かえって感銘が淡くなってゆくような侘(わび)しさを感じた。同じような風景がしばらく続くうちに、車はいつのまにか小泊の町にはいっていった。

金木の家並にくらべて、小泊の家並ははるかにひなびていた。町のいたるところに、材木の置き場があるのが目についた。

たけさんの家は金物屋さんであった。たけさんは、父の文章や写真から想像していたたけさんとはかなりちがっていた。先ほど見たはまなすの花がよく似合う、やさしく、上品なおばあさんであった。父のお守りをしていたころのたけさんは、もっとがっちりとして、しっかりした乙女だったのではなかろうか。はまなすの咲く漁村へお嫁にきて、変られたのではないだろうか。お年を取られたせいかも知れない。私はそれがどうあれ、少し心配になった。

たけさんは私たちのために、とれたばかりのあわびをごちそうしてくださり、父のことをお話ししてくださった。

「修ちゃは、かしこい、いい子でした」

たけさんは何度も、何度も、かみしめるようにいわれた。私は、どんな偉い方が父のことをほめて下さるより、嬉しかった。

「ありがとうございます」

そういって、たけさんのひざに、かたくにじりよりたい衝動にかられた。

やがて、たけさんと一緒に小泊の海へ出かけた。

立ち上がったたけさんの腰は、悲しいくらい曲っていた。奥野先生が私に、たけさんと手をつなぐようにいわれたが、私は恥ずかしくてなかなかそれができずにいた。その私の気持に気づかれたのかどうかわからないが、たけさんはふいに、

「あんた、わたしの孫だ」

といって、私の右手をつかまえると、驚くほどの早足でぐんぐん浜へ引っぱっていった。私は何度かよろよろとよろめいた。その度に私は、

〈大丈夫。たけさんは弱ってなんかいない〉と考え、ほっと溜息をついた。たけさんの小さな掌は、かちっと締まって、あたたかく、たけさんの性質をそのままあらわしているようだった。砂浜に出ると、私はサンダルをぬいだ。するとたけさんは、そのサンダルを、あっという間に私の手からとりあげた。

「わたしの孫だもの、持たせて」

たけさんは、こういった。私はただうなだれるばかりで、一つの言葉も一つの動作もおかえしすることもできないでいるうちに、小泊をおいとますることになった。

車がたけさんの家の前に着いてからも、たけさんは、

「泊っていけば、泊っていけばいいのに」

とつぶやいていた。胸のつぶれる思いで車に乗りこんだ私は、

「たけさん、どうか、お元気で」

それだけいった。いってしまうと、なぜかほっとした。私は本当にそのことだけしか考えていなかったからである。

車は、走り出してから五分とたたないうちに、止った。そこは、小泊岬の突端であるとともに、船着き場になっていた。

ここから私達は、事故のため欠航になっている定期便の代りに、小さないか船に乗って、津軽半島の最北端、竜飛崎へ行くのである。船頭さんは、まだ若く、小柄ではあるけれど、赤銅色に焼けた、ひき締まった体は、いかにも頼もしげだった。そして、空は晴れ渡り、波も至極、穏やかである。

いか船に乗るのに、心配は何もなかった。

私達一行五人が、船に乗りこんだと思うまもなく、船は、ぐいぐいと、驚くほどの早さで、進みはじめた。あわてて、船着き場の方を見返ると、そこに軒を並べている家の窓という窓からは、大人や子供が数人ずつ固まって、体をのけぞるようにして、こちらを見つめているのである。私はますます爽快な気持になった。

沖に出るに従って、日ざしは、段々強くなった。はるか沖の海は、金色燦然と輝き、目の前の海の、しめやかな青さとは、全く異なったものに見えた。

私は、たけさんの家の近くの、雑貨屋さんで買った、ひばのおがくずで作られた、日よけの帽子をかぶった。そのかっちりとした、あたたかな感触は、たけさんの手のそれと、同じもののように思われた。

〈今度は、いつ、来られるかしら〉

私は、俄かに、自分がとても頼りないものに思えてきて、わっと泣き出したい衝動にかられた。

その時、

「あっ、かもめ」

とTさんが声をあげた。見ると、燦然と輝く海の彼方、右手の平べったい岩の上に、何十羽、何百羽としれぬかもめが、しんなりと、鎮座しているのである。しかし、近づいてみると、それらは、それぞれ勝手な方向を向いて、グワーッ、グワーッと、押しつけがましい悲愴な声を出しているのだった。

そのうち私は、あることに気づいた。それぞれ、体に大小があるばかりでなく、色あいもそれぞれ違うのである。純白なのもいれば、灰色のもいる。また、白と灰色の混ざったのもいる。かもめは白いものと思いこんでいた私は、びっくりした。S先生にお尋ねすると、

「かもめは、わかい鳥ほど灰色なのです。体の大小には、関係ありません」

と教えて下さった。そして、私達の頭上を、旋回しながら飛んでいる灰色のかもめを指さし、

「あれなど、随分大きく見えますが、まだこれからですよ」

とおっしゃった。そういわれて、眺めると、白いかもめに比べて、心持ち、飛び方が不安定のように思われた。

私は、もうすぐ十九歳になろうとしている。体の成長は、少し前から止っている。しかし、津軽にくるまでの私の心は、いつもぼんやりとくすんでいて、まさしく、この灰色のかもめで

あった。

竜飛が近づくにつれて、空には、どんよりとした黒雲が出てきて、青空をじわじわと、隅の方へ追い払いはじめた。それと一緒に、海の色も、どす黒くなりはじめ、流れは、急に速くなってきた。急激な自然の変化をまのあたりに見て、ぼうぜんとしていると、ぱらぱらと、細かい雨が降り出してきた。私は、俄かに寒さを覚えた。

まもなく、竜飛の荒々しい岩肌が見えてきた。いよいよ、上陸である。表は、波が高く、危険を伴うというので、裏からの上陸である。私は、かなり急な道を駆け足で昇りつめ、表に出た。私は目をこらして、そこの光景を見た。ところどころに、原生のあじさいを咲かせている切り立った岩、そして、その下には、渦を巻く海があった。それらは、すべて、箱庭のように小さくまとまっていて、おとなしい感じだった。私が想像していた凄絶感は、みじんもなかった。

やがて、日が傾きはじめ、箱庭の景色がぼんやりと霞(かす)んでくると、あたりには、何とも優しい、ふんわりとした空気が漂いはじめた。気味が悪いほど静かである。私は一瞬、意識が薄れていくのを、快く受けとめた。

私は、いつまでもそこに突っ立っていたい気持を抑え、テレビ局の方が手配して下さった車に乗りこんだ。これから私達は、途中、竜飛部落に寄って、一路、蟹田(かにた)に向うのである。蟹田には『津軽』にNさんとして登場する、父の中学時代の親友、中村貞次郎さんがいらっしゃる。

竜飛部落に着いたのは、日の暮れかかる直前であった。部落は、赤く燃えたつ夕陽の中でひしめいていた。私達も、部落に入った途端、赤く染まってしまった。すぐさま、私の目を射ったのは、掘建小屋のような家々を、かろうじて支えているかに見える防風柵であった。それらは皆、赤く染まった顔を、天に向って突き出して、うなり声をあげているのだった。

しばらくいくと、細い部落の路は跡絶(とだ)え、『津軽』に書いてある通り、「あとは海にころげ落ちるばかり」となった。父の書いたことに嘘はなかった。満ち足りた思いで、今きた道をひき返しはじめた時、十歳位の少女が、歌をうたいながら、歩いてくるのに出くわした。

「リンゴ　ゴリラ　ラケット　ラララ」

ついぞ聞いたことのない、変った尻とり歌であった。

〈これは、この少女の創作だな〉

私は、おのずと、笑いがこみあげてくるのを感じた。次の瞬間、私は『津軽』に、父がこの部落で、童女が手まり歌をうたっているのを聞いたという箇所があるのを思い出した。

「私は、たまらない気持になつた。いまでも中央の人たちに蝦夷の土地と思ひ込まれて軽蔑されてゐる本州の北端で、このやうな美しい発音の爽やかな歌を聞かうとは思はなかつた……」

私もまた、たまらない気持になった。歌われた歌が違っていたとはいえ、あまりにも似通った光景に遭遇したからである。

車が蟹田に向って走り出した時は、あたりはもう暗やみに包まれていた。いつのまにか沖には、何隻かのいか船が出ていて、ぼうぼうと燃えたぎるようないさり火を、ぶ厚いまっ黒な水面に、垂らしこんでいた。

じきに車は、狭いでこぼこした山道にさしかかり、海は、全く見えなくなった。そのうち私は、眠ってしまった。

目をさましたのは、蟹田の町に入ってからであった。ひどい揺れにもかかわらず、二時間以上眠りこけていたことに驚いているうち、中村さんのお家に着いてしまった。私は、起き抜けの顔でお逢いするのが恥ずかしくて、出ていらっしゃった中村さんに、横を向いたまま、そっけない挨拶をしてしまった。

しかし、奥野先生とお話ししていらっしゃるお姿は、しっかりと目の中に入れておいた。中村さんは、私の想像していたより長身で、そしてお若かった。

私達は、夜も大分、更けていることなので、中村さんに、明朝、太宰碑のある観瀾山(かんらんざん)に連れて行っていただく約束をして、町の中央に流れている、蟹田川のほとりにある、こぢんまりとした旅館にひきあげた。

次の日の朝も、まずまずの上天気であった。山といっても、それは丘のように低い山であるという話なので、私は、横縞のシャツにタイトスカートという軽装で旅館を出た。そこには既に、中村さんがテレビ局の方達と何か楽しそうに話しながら、待っていらっしゃった。

中村さんのあとから、舗道を歩きながら、私は、昨晩、あまりにもそっけない挨拶をしてしまったことを思い出した。

〈行儀の悪い子だと思われなかったかしら〉

そう思うと、どうしようもなく、腹立たしい気持になっていった。自然に歩き方は遅くなり、とうとう一行のどん尻になってしまった。

中村さんは、そんな私とは対照的に、先頭を切って、悠々と歩いていらっしゃる。ワイシャツの前ボタンを、全部、はずしていらっしゃるので、それが風になびいて、はたはたと音を立てていた。

そんな中村さんを見ているうち、自分の考えが、取るに足らない、愚かしいことに思えてきた。

私は、意を決して、中村さんと並んで歩き出した。そこはもう、観瀾山への、なだらかな細い、昇り道にさしかかっていた。

それから私は、中村さんに向って、津軽の印象、東京のことなどをお話しした。かつての父の親友と歩いているのに、不思議と父のことが脳裏に浮かんでこないのだった。

途中、写生をしている中学生の絵を覗きこんだりして、だらだらと歩いているうち、いつのまにか頂上にきてしまった。四方に、蟹田の海や町が一望のもとに見渡せるところに、大きいごつごつした碑が、重々しく建っていた。碑の中に、「かれは人を喜ばせるのが何よりも好きであった！〝正義と微笑より〟佐藤春夫」という文字が刻まれていた。

〈何も知らない人が、この頂上に来て、碑を見たら、佐藤春夫さんの碑と見紛（みまご）うのではないかしら〉

そんなことを考えた私は、もうそれきり、碑にはいちべつもくれないで、Tさんとたわいないおしゃべりを始めた。

突如として、S先生が、かしこまった顔をして、話し出された。

「中村さんは、この碑を建てることを思いたってからというもの、蟹田の海を毎日のように、碑にふさわしい、いい石はないかと、あちら、こちらと探し歩いた末、やっと見つけられ、それをここまで持ち上げてこられたのです」

私は動転した。そんなこと露ほども知らなかった。だからこそ、だらしなく、おしゃべりなんかしていられたのだ。

私は、よろよろとよろけそうになりながら、碑を改めてみた。すると、中村さんが、この碑を両手で持ち上げて、うんうん唸（うな）りながら、あがって来られる光景が、何度も目の前にちらついた。

私は、中村さんと、父のことを話したい激しい衝動にかられた。

中村さんは、つくねんと、海を眺めていらっしゃった。そんな中村さんを見ているうち、私は、出てくるはずの言葉が、全部、失せていくのを感じた。

私も一緒になって、海を眺めた。

底が見えるほど、透き通った青白い海は、かすかに波が揺らぐ程度で、ひっそりと静まり返っていた。

次の日の夕方近く、私たちは青森駅で、中畑さんと落ち合った。中畑さんの案内で青森にいらっしゃる父の上のお兄さま、文治伯父さまのお家へお伺いするためであった。

文治伯父さまの奥さま、れい伯母さまから、私は毎年必ず年賀状のお返事をいただいていた。その文面には、優しいお心があふれていたので、私はできることなら、れい伯母さまにお逢いしようと思っていた。しかし、文治伯父さまにお逢いしようという気持は全然、なかった。津島家の家督で、参議院議員という責任あるお体の文治伯父さまにお逢いしようということは、だいそれたことに思えたのである。それでS先生から、

「明日はテレビの仕事も兼ねて、文治伯父さんの所へ行くことになりましたよ。文治伯父さんのお家へは、中畑さんから連絡ずみです」

と突然いわれた時は、どうしていいのか分らないほど恐ろしくなった。私はもう津軽へ来てよかったという気持でいっぱいである。これ以上のことを望んだら罰(ばち)があたる、私はよほど、

「もう充分です」

といい出そうとしていた。しかし、その気持とは裏はらに、たとえ、どうなっても構わない、

一目お逢いしたいという気持が私の胸には湧いていた。それに議員でいらっしゃる文治伯父さまは、東京へ行っていらっしゃるかもしれないという気持が、幾分、恐れを柔らげていた。

中畑さんの案内で、文治伯父さまのお家に着いたのは、約束の時間より少し早かった。玄関に入るとすぐ、和服姿のご婦人が出ていらっしゃった。れい伯母さまだった。中畑さんのごあいさつのあと、私がごあいさつをすると、

「さあ、かたくるしいあいさつは抜きにして、治子ちゃん、早くおあがりなさい」

とおっしゃりながら、茶の間に通された。年賀状から私が想像していたとおりの伯母さまであった。文治伯父さまは、私の予想に反して、お盆休みを利用なさって、今朝、お帰りになられたとのことだった。

間もなく背広姿の文治伯父さまが入っていらっしゃった。皆、いっせいに立ち上がってあいさつをした。文治伯父さまは、

「やあ、やあ」

とおっしゃりながら、私の向いに坐られた。私は文治伯父さまのお顔を見た途端、文治伯父さまにお逢いしてはいけないと先ほどから感じていたことはすべて、つまらないことに思えてきた。私は、父の顔をもっと優しくしたら、きっと文治伯父さまのお顔になるだろうと思った。また、文治伯父さまは、私の好きなたねおばあさまに一番、似ていらっしゃるような気がした。

やがて文治伯父さまが父のことを話されるテレビのための録音の準備がはじまった。私は邪

魔になるといけないと思ったので、廊下に出ようとした。すると文治伯父さまは、
「治子ちゃんはここにいなさい」
とおっしゃった。私の、文治伯父さまに対する畏敬の念は、いつのまにか親近感に変ってい
た。私は、文治伯父さまの隣に坐りなおして、録音を聞くことにした。文治伯父さまは、
「治子ちゃんのためにいうんだ」
と眼鏡をずらして、隣の私をごらんになってから、お話をはじめられた。
「修治は小さいころから、私にいつもある種の危険を感じさせていました。私はいつもそれを
はらはらしながら見ていました。それが結局ああいう結果になってしまった。私は今修治が小
説を書くことなどやめて、普通の平凡な人間で長生きして欲しかったと思っています」
血を分けた兄弟にしかいえない愛情のある言葉だと思った。
私は、そのあとがもう書けない。あまりにも痛みが激しい時は、涙が出ないように、あまり
にも嬉しいことは、文章に綴れない。無理に書けば、感動は逃げていってしまうような恐怖に
かられる。私は、文治伯父さまとお逢いした時の感動を、そっと、大事にしまっておきたいのだ。
文治伯父さまとお逢いした翌朝、私は、奥野先生やTさんと一緒に、東京へ帰るため、青森
空港に来ていた。
いよいよ飛行機に乗りこもうという時、私はもう一度、万感の思いをこめて、空を仰いだ。

目にしみるような青い空と、近在の山並のあいだに、うっすらと、小さな岩木山が浮き出ていた。私は、岩木山を見るのは、初めてではなかった。津軽へ来てから二日目、引前で、大きな岩木山を見ているのである。その時は、何の感慨も湧かなかった。

しかし、今、私の胸は、この山に対する慕わしさで、いっぱいになっていた。ああ、この山には、他の山には見られない、優しさ、情緒といったものがある、そう思った。そしてそれは、そのまま、私のお逢いした津軽の方達に、いえることだと思った。瞬間、私は、そういった方達に取り囲まれ、愛されて育った父を、幸福な人だと思った。

私は、今回の旅行で、文治伯父さま、英治伯父さま、中畑さん、たけさん、中村さん……どなたも、その方なりに、父を理解し、愛していて下さっていることを、身に沁みて感じとっていた。しかし父は、死ぬまで孤独であった。それを思うと、父は、非常に不幸な人なのかもしれなかった。

私は、家に帰って母の顔を見るなり、

「ママ、私、生きていてよかった」

とだけいうと、おいおい泣き出してしまった。泣きながら私は、これからはもう、何も考えずに、生きていかれるような気持になっていた。

〔1966（昭和41）年10月「婦人公論」初出〕

二十代のノート

ああちゃんへの手紙

ああちゃん、長いことお逢いしていませんけれど、あいかわらずお元気でいらっしゃるようですね。頼もしく思います。私達母子も、ああちゃんに負けずに、暑い毎日を元気に過しております。母は、この八月十八日、満五十五歳の誕生日を迎えました。男の人なら、ちょうど停年の年です。そして私はもう二十歳です。母はこの二十年間、私を育てるために、一生懸命生きてきました。後をふり返ったり先のことを考えたりするゆとりもなく、ただその日一日を生きることで、夢中の毎日でした。ともかく、母が私を抱えてここまでやってこられたのは、沢山の方の暖かいお心のお蔭なのです。なかでも、ああちゃんには、私が小さい頃大変お世話になりました。まず何よりも、お礼を申し上げたいのは、私が、赤ちゃんの頃、お乳の出なくなった母の代りに、ああちゃんがお乳を下さったことです。私は、ああちゃんの子供の繁ちゃんと一緒に、ああちゃんのお乳を飲んだそうですね。そして、欲張りの私は、片方のお乳を飲みながら、もう片方のお乳を、繁ちゃんに飲ませまいとして、固く握りしめていることが多かったそうですね。気の優しい繁ちゃんは、そのことにさからったりせず、おとなしくしていたと聞きます。繁ちゃんにも、長いことお逢いしていません。お逢いしたいと思います。そして、その時のことを心からあやまりたいと思います。

ああちゃんは、私達母子にとって、かけがえのない人でした。母の弟の家での三年間の居候生活から、母子二人独立することに決まった時も、母はまず、ああちゃんの所へ、今後のことを相談しにいきました。あの頃に比べると、今の母は見違えるようにしっかりとしています。今、母は、五十五歳になったのを契機に、一段としっかりしたおばあちゃんになれるよう、毎日を大切に生きていきたいといっています。

ああちゃんは、今年の桜桃忌当日、テレビのお昼番組で、宮城まり子さんと私との対談を観られたそうですね。

宮城さんは、かねてから一度、お逢いしたいと思っていた女優さんでした。宮城さんが、父の作品を愛読していられるということを耳にした私は、それから注意して、雑誌などに載る宮城さんの書かれる文章を読み、宮城さんは、父のことを、私と同じような見方で捉(とら)えていらっしゃると感じたからです。

それは間違っていませんでした。宮城さんは、私の、

「父は本当の優しさがわかっていた人だと思います。けれども、それがわかっていてもどうすることも出来なかった人だと思います」

という言葉に、心から同感して下さったのです。この本当の優しさというのは、聖書で説く隣人愛のことです。父は、殊(こと)に、この世の中で虐(しいた)げられている貧しい人、不良と呼ばれている人に対して、深い思いやりを持っていました。けれども、父は、その虐げられた人達のために、

積極的に行動することは出来なかったのです。父は言っています。「自分は義のためにお酒を飲んでゐる。隣りの家に貧しい人がゐると思ふと、もうそれだけで苦しくてどうにもならない。お酒でも飲まなければやりきれない」その気持はよく理解出来ます。けれども、それではこの世の中は、いつまでたっても、少しもよくなりません。やはり、隣に貧しい人がいれば、隣の家に駆け込んでいって、自分に出来るかぎりの精いっぱいの親切をしてあげなければいけないのではないでしょうか。父はあまりにも弱すぎたのです。私にも、父と同じように、弱くて、駄目なところがあります。これから私は、そういう面においてこそ強くなって、積極的に行動出来る人間になりたいと思います。

ああちゃん、あの日、番組の終りで、私は、『斜陽』の一部を朗読しました。ああちゃんは、私の朗読、どのように思われましたか。今度お逢いした時、そっと教えて下さい。

私は、小さい時から、人前で朗読することが好きでした。正確な発声を教える研究所へ通って、声優中心の俳優さんになろうと考えたこともありました。けれども、結局、私は通いませんでした。私は、次第に、他のことに気が移りつつあったのです。作品を書くということです。けれども、それは大変なことで、さて、ひとつ書いてみようといきごんでも、書けるものではありません。どうしても書かずにはいられないという気持が、胸の底から湧き上がってきた時、それを命がけの気持で書いてこそ、そこから本当の文学が生まれてくるのだと思います。ああちゃんは、父が晩年に書いた『桜桃』という短篇を御存知ですか。これは、いわゆる私小説で、晩年の父の苦悩が、描かれています。私の好きな作品のひとつです。どうして好きかといいますと、そこに描かれている苦悩が、静かな澄み切った境地にはいってしまっているのを感じるからです。けれども、父はそこまで到達するのに、どんなに長い時間をかけたことでしょう。どんなに長いこと、苦悩を抱いて、泣きわめいたことでしょう。それを思うと、文学というものが、つくづく怖くなります。

そうしたことは、また別のところでお話しします。私が今、真剣に考えていることは、結婚についてです。一度の恋愛経験も持たない私が、結婚を考えるということは、こっけいなことかもしれません。けれども、私は考えずにはいられないのです。母一人娘一人の生活、それはお互い言いたいことが言いあえて、まるで姉妹のように楽しいけれど、やはり心細いのです。しっかりした男の人がいつもそばにいたら、どんなに落着いた日々を過せるだろうと、つい考えこんでしまうのです。それに、私は、父の顔を知らないで育ったせいか、両親の揃っている家庭というものに、強いあこがれを持っています。一日も早く結婚して、早くいいお母さんになりたいと思います。そうした上で、作品を書くということもしたいと思います。

「二兎を追う者は一兎をも得ず」

そんな言葉が、私の耳許をよぎってゆきます。けれども、私はあくまで、希望を持って、進んでいくつもりです。まだ相手の男性も決まっていないうちから、両立はむずかしいと諦めてしまうことは、それこそ、こっけいなことに思われます。

先日、新聞の家庭欄に、むずかしい航空法に取り組み、ただ一人の日本女性として国際会議に出席し、いくつかの研究論文を発表した主婦のことが載っていました。この方の御主人は一流商社にお勤めで、奥さんのお仕事には一切口出しせず、お二人の夫婦関係は武者小路実篤の「君は君、我は我なり、されど仲よき」という言葉に集約されると書かれてありました。私は、この記事を読んですっかり嬉しくなりました。私の理想としている夫婦像が、現実に存在していることがわかったからです。私は、この御主人のように、妻の自由を認めて下さる男性と、結婚します。それにはまず、私が本当の優しい心を持った女性に成長しなければいけないでしょう。私は、そうなるつもりです。

ああちゃん、未熟な私を、いつまでも見守り、折にふれ助言して下さい。私にお乳を下さった、私の第二のお母さんであるああちゃんの助言は、かけがえのないものに違いありません。

（昭和四三・九）

「希望」と同義語

私は、今の自分に生きがいがあるのかどうかわからない。喜びを味わう瞬間は沢山ある。文章に、自分の考えをそのまま率直に書けた時、おいしいものを食べた時、自分の趣味に合った洋服を着て、気の合う友達と一緒に町を歩いている時、等々……。しかし、それがそのまま、生きがいにつながるとは思えない。生きがいとは、そのような瞬間的なものであってはいけないような気がする。

私は、青春とは、瞬間的な喜びを味わいながら、生きがいを模索している時期のような気がする。

私は、一緒に住んでいる母親に聞いてみた。

「ママに生きがいというものがあるとすれば、それは何なの」

私は、母が、

「私の生きがいは、あなたよ。決まっているでしょう。私は、あなたのために生きているのですもの」

と答えてくれるものとばかり思っていた。何故なら、世の母親の多くは、子供こそ生きがいといっているし、私の母親も、その例外ではないと思っていたからだ。

母は、常に私に寛大だった。母の期待に反して、私が勉強不足のため、志望の高校・大学入試に失敗した時も、大学に入学する際、毎月一篇は短篇小説を書くと宣言しながら、僅か小説の断片らしきものを二、三篇書いただけで卒業を迎えた時も、母は、怒りはしたが、結局、許してくれた。実のところ私は、毎月一篇小説を書く自信は、最初からなかった。もしそれが出来たら、どんなにいいだろうと考えたに過ぎない。それにも拘らず、そうした大それた発言をしたのは、約束を反故にしても、母は許してくれるに違いないという甘えが、無意識のうちに働いたからだと思う。

そのようなわけなので、母が私の問いかけに対し、

「私は、自分の生きがいなんて、答えられないわ。私は、これまで生きてきた、そのように、これからも生きていくでしょう」

というような哲学的回答をしたのにには驚いたし、少し不満でもあった。私は露骨に、不満の表情を示したのに違いないと思う。母は続けて穏やかにいった。

「あなたは、学生時代、口ぐせのように、『人間は、希望を持たなければいけない。希望を持たないような人間は、駄目だ』といってきたわね。あなたの希望は、小説を書くことだったのでしょう」

私は、自分が得々とした気持で、そういっていたことを思い出した。なんて世間知らずな、青臭い言葉を吐いていたのだろう。希望を持ちたくても持てない人が大勢いることに、最近ようやく気づいた私は、恥ずかしくなると共に、自分にとって「希望」と「生きがい」は同義語だったことに気づいた。すると、「生きがい」という言葉が、急に身近なものに思われてきた。

私は、小説と呼べる域に達した文章を書けないまま、二十三歳の今日に至ってしまった。しかし、それでもなお、私は希望を捨てたわけではない。いつかは必ず小説を書いてみたいという気持は、学生時代より、遅まきながら自立しようとしている現在の方が強いのだ。

その希望と共に、現在、私は、結婚につながる恋人にめぐり逢いたいという希望を持ってい

る。私は、生まれた時から、母一人子一人の家庭で育ったけれど、男の人のいない家庭の心細さなど殆ど感じなかった。それほど私は、母に思い切り甘えて威張って暮していたのである。しかし、当然の成行きとして、世間が私を、一人前の女性として見るようになり、母も六十間近になると、折にふれ、母子家庭の心細さを身にしみて感じる。その度に、頼もしい男性が母と私の傍にいてくれたら、どんなにいいだろうと思うのだ。それは、希望というよりは祈りに近いものになりつつある。

（昭和四六・七）

父の言葉

「この子は私の可愛い子で父をいつでも誇ってすこやかに育つことを念じてゐる」

これは、私が生まれた時父が書き置いてくれた言葉です。この言葉を信じている私は、道徳的に許されない男女の間柄から生まれてきたことに少しのひけめも感じていません。

父は母から、お腹に赤ちゃんができたことを告げられた時、

「二十年経てば、世間は君の生き方を認めてくれるよ」

といったといいます。この言葉は、母の胸に深くしみたということです。父は、私が生まれて半年目に、死んでしまいました。

それから二十五年目の今年の春、私を育てるために働き続けていた母は、寮母をやめました。

そして、二十五になって生まれて初めて勤めるようになった私の帰りを、夕食を作って待っていてくれるのです。

ようやく過去を回想するゆとりを持つことができた母は、私の小さい時から親しくおつきあいさせていただいている奥様がおみえになった際、二十年経てば、世間が認めてくれるという父の言葉を、お話ししたそうです。

すると奥様は、眼を丸くして、

「太宰さんは、あなたがこれから先二十年も、変らぬ敬愛の念を抱き続けていると思って、そんなことをいったのね。なんて、自信家なんでしょう」

といわれたそうです。それは、もっともな感想だと思います。

しかし、父がこれだけのことがいえたのは、母を心からいつくしんでいたからではないでしょうか。

あの時父が思っていた通り、母は今も父を敬愛し続けています。その上で、太宰は、手のつけようのない甘ったれのエゴイストだった、というのです。私も一緒になって、

「太宰は、しようがないわね」

というと、時によって母は、自分が悪くいったのを棚に上げて、親をそんな風にいってはいけないと叱るのです。それも、母が父を大切に思っている証拠だと思うと、私は口答えする気がなくなります。太宰は嘘がつけないから死んだのだ、と母が教えてくれた時、私は改めて、

母は父の言葉を素直に信じて生きてきたのだな、と感じました。

そういう母を、ほほえましく思う一方で、私も、この人のいうことならすべて信じられると思える男性にめぐり逢いたいと思いました。

私は、胸にしみこんで忘れられないような言葉を、男性からいわれたことがありません。それは、私がまだ、本当に愛したことがないからではないかと考えています。

しかし、何かの拍子に、男性からいわれた何気ない一言が頭に浮かんでくることがあります。それをいわれた時、嬉しくて涙が出そうになったことを思い出すと、私はその男性に会いたくなります。逆に、これまで私が男性に向っていった、媚びを含んだ言葉が浮かんでくると、その時の浮わついた気持が思い出されてきて憂鬱になります。そんなことから、最近は男性の前で、これまでより無口でいようと考えるようになりました。つい、いい気持でおしゃべりをしていると、いわなくてもいい一言をいってしまうことになるのです。

私達母子は、今多くの方達の好意に包まれて生活しています。父が、母にいったあの言葉は、正しかったのだと思います。


（昭和四七・一二）

母と私

還暦の母から、二十五歳の私は毎日のようにお説教されている。それは、ほんのささいなことから始められる。

夕食後、テレビのスイッチをひねると、ハイティーンの女性歌手がフォーク調の歌を歌っていた。

「可愛いわね」

と母がいった。

私はブラウン管に顔を近づけて、その女の子の顔を観察した。眼は二重で大きく、口許にはあどけなさが漂っている。爽やかな子だと感じながらも、母が可愛らしいといったことが面白くなかった。

「でも、美人とはいえないわね」

私は、母が「そうね」と同調してくれることを期待しながらいった。母は、黙っていた。なんとしても、母を同調させたくなって、

「いつだったかママは、『美人』と『可愛い』というのは、違うっていってたじゃない」

「つまらない言葉を覚えているのね」

母は澄ました顔でいった。私の望んでいる言葉を、いいそうにもないと思うと、

「あのね、この歌手は可愛いけれど美人じゃないのよ」

「あなたはどうして、この子の可愛らしさを素直に認めようとしないの。二十五にもなったら、自分より年下の女の子をいとおしく思う気持を持たなければ駄目よ」

お説教されるはめになったのが、腹立たしかった。

「それじゃあもう、二十五は可愛くないっていうの」

母はしばらく黙っていたが、やがてぽつりと、

「もし、お父さんかお兄さんだったら、あなたはそんな口の利き方はしないでしょうね」

今度は、私が黙る番だった。母のいう通りだと思ったからである。第一、口答えをしてもぶたれる心配はない。十二歳位の頃、既に私は母より背が高く、おすもうをすると必ず勝ってい た。しかし、大人の異性とは、おすもうをしても勝つ自信はない。口答えも、ぶたれる心配があるからしないと思う。


母と私は、性格が違う。人に気を遣い過ぎて、時には心の中で思っていることの逆を口にしてしまうような私に対して、母は、心の中で思っていることをそのまま人に伝える。当然、娘の私に対しても、私の喜びそうな言葉を選んで話すようなことはしない。ひとりっ子の私は、その母の心がわかっていても不満である。しかし最近では、そういう母に秘かに感謝するようになった。母から、私の望み通りの甘い言葉を聞かされ続けていたならば、私は世の中の人すべてに、そういう言葉を要求する女の子になっていただろう。

（昭和四八・七）

あしながおじさん

だいぶ前の夕刊に、「あしながおじさん」の映画広告が出ていた。主人公、ジルーシャ・アボットと、あしながおじさんが、片足をぴょんとあげて踊っている写真が載っていた。どうやらミュージカル映画らしかった。

中学生の時、原作を読んでいた私は、この写真を見ているうち、なんともちぐはぐな気持に襲われた。

あしながおじさんが老けすぎているのだ。私が頭の中に描いていた、あしながおじさんは、もっと若くて、足などぴょんとあげなくとも、はるかに、はつらつとしていた。

映画と原作とは、あくまで違うものということはわかっていても、こればかりは、どうにも割りきれない気持だった。私は、改めて原作を読み返してみた。

やはり、あしながおじさんは若かった。若いだけでなく、優しくて、まったくすてきな男性だった。

私は、自分が、ジルーシャ・アボットだったら、どんなにいいだろう、と思わずにはいられなかった。

ジルーシャは孤児である。

普通なら大学などには、はいれない。しかし、成績がよく、特に国語の成績がすばらしかったので、ジルーシャの育った孤児院の評議員の一人が、彼女を大学に入れてやることになるのだ。その評議員が、あしながおじさんであるわけである。

ところで、ジルーシャは、あしながおじさんが誰なのかを知らない。彼女は、その知らない人に向って、楽しい学生生活を、せっせと手紙に書いて送る。

あしながおじさんの正体がわからない苛立ち。そして、そういう人から仕送りを受けているということが、彼女をたまらなく、みじめな気持におとしいれる。素直なジルーシャは、それを手紙にぶつけることもある。しかし、またすぐに反省し、あやまりの手紙を送る。すると、おじさんからは、ばらの花束とともに、親切な手紙が届く。ジルーシャは、心のやすらぎをおぼえ、再び勉学にいそしむのだ。

ついに、おじさんに逢う日がやってくる。その人は思いもかけず、彼女が愛していて、むこうも愛していると思われる青年だったのである。

あしながおじさんは、お金持なのに、ちっともお金持らしくない。偽善的なところは、みじんもなく、心は優しさにあふれている。それこそ、隣人愛の精神で彼女を援助したのだ。

あしながおじさんからの手紙にあった、作家になるようにという言葉は、あくまで、こうしたらどうだろう、という一つの方向づけを示したにすぎない。作家になれなくたって、怒りはしない。

私は、現在二十歳である。ジルーシャ・アボットと同じ年頃だ。恋人らしき人がいても、当然の年齢である。

しかし私は、現在その影すら見ることができない。二十歳という若さを象徴する年齢が、私には無縁のものに思える。

そのぶん、勉学にいそしめばいいとも考える。しかし私には、勉強と恋愛は、まったく異なった種類のものに思える。

私は恋愛に焦がれている。一日も早く私のあしながおじさんに、めぐり逢いたい。

しかし、ジルーシャ・アボット嬢と私をひきくらべてみると、これは無理な願いかな、という気もしてくる。

ジルーシャ嬢は孤児にもかかわらず、明るく、素直な女性である。私は母があるのに、ひねくれたところがある。ジルーシャ嬢は勉強家なのに、私は勉強嫌いである。

でも、やはり私は、あしながおじさんに逢いたいと思う。だから私は、優しい勤勉な女性になろう。

あしながおじさん、私がジルーシャ嬢のようになったら、必ず私の前に現われてください。

（昭和四三・四）

マリーの雨

六月はじめ、渋谷に引越してきて一週間経った夕方、にわか雨が降ってきた。雨が日に反射して光ってみえた。

「マリーの雨だわ」

と母がいった。なんてロマンチックな呼び方だろう。

「マリーは、どんな女の子だったの?」

「あら、マリーは死んだお母さんの名前よ。この世に残してきた一人娘が、浮気な男に誘惑されているのを見て、母のマリーが雨を降らせたという西洋のお話よ」

思いもかけない母の話に、改めて雨に見いっていると、もの哀しい気持になってきた。もし今、母がマリーのように死んでしまったら、私はどうなるだろうと考えた。

二十五歳の今日迄、私はひとり娘の特権を存分にふりかざしてきた。いいたいことを母にいい、お説教されれば大抵口答えをしていた。母を恐れる気持はみじんもなかった。それは、中学生の頃から、母に比べて背丈も体力も遥かに上回っていたという優越感がなせる業だったと思う。それだけに知力において母に屈服せざるを得ないとわかった時、或いはわかりかけた時、私は一層、後で考えると無意味としか思えない口答えをしなければ気が収まらなかった。

六月十五日から、有楽町の会社へ出勤するようになった。寮母である母の手伝いをしていた私は、勤めに出るのは初めてだった。就職祝いにいただいた白いハンドバッグをさげて、朝の山手線に揺られていると、何かいいことが起りそうな気がして楽しくなる。しかし家にたどりついた時は、別段忙しくもなかったのに、やはり、少しくたびれている。

「帰りの山手線は坐れたの？」

という風に、母に優しいねぎらいの言葉をかけてもらいたいと思う。しかし、それを自分の方から催促するのは恥ずかしい。おし黙っているうちに、母は一日中家で寝ころんでいるのかもしれないと思えてくる。今年の三月迄、寮母として立ち働いていたことを忘れて、厭味をいってしまう。

「今日は、沢山お昼寝をしたでしょう？」

母は、私の顔を真直ぐにみつめると、

「寮母から解放されて、こうして毎日好きなことをしていられるのは、ありがたいことです。やっと、本来の自分を取り戻せたような気がします」

母の最近の話し方は、どことなく理屈っぽく、口答えするいとまも与えられない。しかし、私はそれに満足している。母のかわりに、私が勤めに出るようになって、母や世間に対してひけめは感じないですむようになった。封を切らない給料袋を母に差し出す時、ようやく私も、母から一人前の扱いをされる身分になったと感じる。一個の人格を充分認められた上で、母からお説教されているのだと思うと、以前ほど口答えしたい欲求は起らなくなった。

勤めるようになって、土曜日の夕方の幸福感を初めて人並みに味わえるようになった。今日も、いつもの土曜日のように、夕闇がたちこめてくる頃、母と連れ立って散歩に出かけた。渋谷の裏通りのホテルのネオンを見ているうちに、「マリーの雨」の話を思い出した。

「ママがもし死んだら、私、寂しくなるわ。男性の胸に、すがりつきたくなるかもしれない」

空を見上げると、赤い星がひとつ輝いていた。

「もっと沢山みえるようになるといいわね」

母は、ぽつんという。

「二十五歳になって、初めてお勤めに出たのだから、ビルの冷房があなたの体にさわらないかと心配なの、冷えないように気をつけなくては駄目よ。お母さんにならなくてはいけないでしょう」

私は急に泣きたい気持になって、

「私、お嫁にいけるかしら?」

「いけるわよ。あなたのお婿さん、きっとどこかにいらっしゃると思うわ。まだ姿を現わしていらっしゃらないだけよ」

母は、夜空を仰ぎながらいった。


（昭和四八・九）

結婚願望

「何故、結婚しないのかというテーマで書いて下さい」というお電話をいただいて、私はすぐにお引き受けした。その時は、結婚しないまま二十五になってしまったことが、ひとごとのように不思議な気がしたのである。

その日、夕食のあとで、母にテーマのことを話すと、

「あなたにはまだ、めぐり逢いがないからでしょう。単に、それだけでしょう」

よくわかっていてくれることが、嬉しかった。けれども、答えはそれだけだと思うと、物足りない気がしてきた。

「私がなかなか結婚しないのは、お母さんが原因でしょう、と心配して下さる方が沢山いらっしゃるのよ」

わざと、母の気にさわりそうなことをいってみた。

「それはそうでしょう。私達、母ひとり子ひとりですもの。でも、私は、あなたが結婚したら、ひとりで暮すつもりよ。その時のことを、いつも考えているのよ」

母は平静な口調でいった。私が結婚の報告をする時も、このように落着いているのだろうか。

「ひとりで暮すようになっても、ママは本当に平気なの？　寂しくないの？」

「それは寂しいでしょうね。でも、あなたが結婚できるのだったら、当然、我慢しますよ」

「一緒に暮してもいいのよ」

思わずそういってしまって、急に取り消したくなった。やはり、新婚生活はふたりきりで過したい。毎日一度は、彼の肩にもたれて甘ったれた声を出してみたい。その時、母が傍にいたら、恥ずかしくて、とてもそんな声は出せない。

「そうだわ。ママは、私達夫婦の住んでいる家の離れに住めばいいのよ。そうすれば、逢いたいと思った時、すぐとんでいけるわ」

母の住む離れに向って走っている姿を思い浮かべながら、はずんだ声でいった。

「それが理想ね。でも現実に、離れのあるような家に住めるなんて、考えられないでしょう」

私はうなだれた。

「二十五にもなって、現実を考えられないのはおかしいわね」

「おかしいなんて思わないわ。結婚前の女の子は、誰でも夢を見ているんじゃないかしら?」

母の言葉に、少女の頃は、西洋の童話に出てくる王子様のような男の子が現われて下さる、と信じていたことを思い出した。母には、優しい人が好きだ、と口ぐせのようにいっていた。

あるとき母から、どんな極悪非道な男でも、愛する人の前では優しいと聞かされて、それを口ぐせにするのはやめにした。かわりに、優しさとはなんなのだろう、真の優しさに包まれた人間は生きていけるのだろうかと考えるようになった。真の優しさは、決して美少年の微笑から生まれてくるものではなく、キリストが人間に示されたような厳しさからのみ生まれてくるのだとわかるようになった。私は、厳しさに耐えられる強い人間になりたいと思った。

しかし、二十五歳になった現在も、母から優しい言葉をかけてもらいたいという気持は捨てられないし、微笑をたたえた王子様へのあこがれも持ち続けている。私は結局、優しい感じの男性が好きなのだ。

「あなたの頭の中に今、理想の男性として浮かんでくるのは、やはり太宰と似たタイプなんじゃないの？」

「まあ、そうともいえるわね」

私は、曖昧な答え方をした。

少女時代、あるひとつの事柄をいい出しにくくて遠回しにいう場合、少しもわかってくれない母が恨めしく感じられた。死んだ父なら、すぐにわかってくれるだろうと思うと、顔を見たことのない父への慕わしさが湧いてきて、父の写真を抱きしめていた。

ところが最近では、私の直したいと思っている性格の欠点は父譲りのものであることを理解して、父を思うことが恥ずかしくなってきた。しかし、性格的に父にはさまざまな欠点があったにしても、父は、偽善を見抜く力を持った数少ない人間の一人だったと思う。

父の道徳を踏み外した行為を嫌悪される方の中には、私が太宰の娘であることを知って、太宰と私とは違うところも多いのを確かめないうちに、逃げ出す方もいるだろう。しかし私は、道徳的に許されない男女の間柄から生まれてきたことに、少しのひけめも感じていない。

　私は、父と母の間に真実の愛があったと信じている。それを信じさせてくれたのは、母の父に対する変らぬ尊敬の念だった。母は、太宰の自己愛に満ちた面を批判しながらも、彼が嘘をつけない性格だから死んだのだと教えてくれる。

「ママのように、太宰を理解して下さる男性とめぐり逢いたいわ」

「でも、その方に妻子がいたらどうします?」

「ママ、おどかさないで。私は小さい時から、お父さんのいる平凡な家庭にあこがれていたの。早く、元気な子供のお母さんになりたいの。ママのような立場で、子供を生み育てることがどんなに辛いことか、よくわかっているわ」

「そうね。あなたには、幸せな結婚をしてもらいたいわ。私はあなたと違って、平凡な家庭に育ったから、かえって愛人という立場にあこがれていたの。だからあなたを生む時、少しも不安がなかったわ。とてものんびりとしていたの」

「そこが、ママの羨ましいところよ。私は小さいことに、くよくよするところがあるでしょう。自分で、それがとても厭なの。そうだ、私、結婚するならママみたいな人がいいわ。おおらかで率直な人」

　そういっているうちに、急に不安が湧いてきた。母の前に、私は安心して全てをさらけ出している。それでも母は、見捨てようとしない。私が、自分の生んだ娘だからかもしれない。男性が私の欠点に気づいたら、どんなことになるだろう。

「私、結婚できるかしら?」

「できますよ」

母は笑っている。笑われても仕方がない。昨年二十四歳になってから、私は絶えまなくそのことを母に問いかけてきた。結婚しないと宣言していた友達が、突然結婚した時、母親になったというはがきを受け取った時、私はいいようのないあせりを覚えて、問いかけずにはいられない。

母と私は、趣味が共通している。私がショパンの音楽が好きだというと、母も若い頃そうだったと声をはずませる。チェーホフの戯曲や、モーパッサンの『脂肪の塊』を好きなのも同じだし、食べ物に好き嫌いのないところまで同じである。

数年前のこと、母と一緒に渋谷のデパートへモジリアニの絵の展覧会を観にいった私は、感動して帰って来た。混雑した会場で姿を見失っていた母は、一足先に帰っていて、待ち構えていたように、上気した顔で感動を話し出した。モジリアニの晩年の絵には、どこか、晩年の父の小説を思い出させるものがあった。

「ママのお説教や、何気ない言葉に、私が突っかかったりしなくなったら、私達母子の間にはけんかが起らなくなるわね。ふたりで過す時間が、とても静かに過ぎていくわね」

「それがわかっているなら、もう突っかかってきては駄目ですよ」

私は返事をしなかった。母に突っかかっていくのは、今や、趣味のひとつのようになってしまっている。

「ママがもし、この世にいなかったら、私はもうとっくに結婚していたでしょうね。ママのように私を理解して下さる男性を、必死になって探し求めていたと思うわ」

「あなたからそんなことをいわれると、恥ずかしくなるわ。お願いだから、もうそんなこといわないで頂戴。あなたは、女ふたりの狭い世界しか知らないから、そんなことをいうのよ」

「そうかしら？　私のいうことは、そんなに変かしら？」

首を傾げていると、

「あなたは、本当は、お父さんを求めているのよ」

「どうして、それがわかるの？」

「あなたは、同い年くらいの男の子と話している時より、お父さんのようなお年のおじさまと話している時の方が、にこにこしているもの」

母の言葉に、自分のファーザー・コンプレックスは、思ったより根強かったことに気がついた。

結婚相手として、常に若い男性を思い描いていたのに、現実は、母から指摘された通りなのだ。若い男性と向き合っている時は窮屈な気持になるのに、父親を感じさせる年輩の方達と話していると、自然に甘えたくなってしまう。

父は死んだ時、三十九歳だった。そのせいだろうか、四十前後の方に、一番親しみを感じてしまう。しかし、その方達にはすでに、奥さまやお子さんがいらっしゃる。

「Aさんが、独身だったらよかったのにね」

母の言葉に、私は涙ぐんでしまった。

一緒に道を歩きながら、不意にAさんには奥さまがいらっしゃるのだと考えて、泣き出したい気持になったことを、Aさんは御存じないだろう。

Aさんとは、手を握り合ったことがない。父と娘のような、或いは兄と妹のような気持で、手をつないで歩いてみたい。

「Bさんもいい方なのね。あなたに、御親切な方でしょう。でも、Bさんも結婚していらっしゃるのね」

「そうなの」

私が手を握りたいと思った男性は、どうしてこう結婚していらっしゃる方ばかりなのか、不思議な気がした。

二十代の男性をぼんやりと好きになっては、ぼんやりとあきらめることを繰り返していた一時期があった。好きな人が現われると、私は必ずその人と肩を並べて歩きたくなる。それは、いつも極く自然な成行きで実現した。しかし、手を握り合いたいとまでは考えたことがなかった。

「あなたは結婚したら、きっと、やきもちやきの奥さんになるでしょうね」

だしぬけに母がいった。

「そんなこと、結婚してみなくちゃわからないじゃないの」

と答えたが、もし夫が、若い女の子と手をつないで歩いているのをみたら、妻の私はいい気がしないだろうと思った。

「あなたは、大変なやきもちやきよ。この間、テレビに出ていた女の子をみて、清らかな感じがするとほめたら、あなたは恐い顔になったわ」

「二十五の女には、もう魅力がないといわれているみたいで、くやしかったの」

「自分より年下の女の子を、親がほめたくらいでくやしがっているようでは、二十五歳が泣きますよ」

「私は、これでもまだ、大学生のように思われることがあるのよ」

「あなたは、ひとつでも年下にみられるのが、そんなに嬉しいの？　物事を深く考えられる年になったという誇りを持てないのね。情けない子ね」

「そうね、二十五の誇りを持つようにするわ」

私は大きな声でいった。これからはもう、年のことは意識しないですむような気がした。

昨年、二十四歳の誕生日を過ぎてからの私は、人に年を聞かれても、すぐには答えられなくなっていた。十八の頃と今とは、変りがないと思う一方で、大久保清が殺した女性は、ハイティーンから二十二歳までだということを知ると、それ以上の年齢の私にはもう、男性をひきつける魅力がないのではないかと不安にかられた。

今年の六月から勤めに出るようになった私は、それほど年のことを意識しなくなった。就職祝いにいただいた白いエナメルのハンドバッグをさげて、有楽町のビルへ出勤する毎日が、あわただしく過ぎていく。

朝の山手線の中で、私は自分と同い年くらいの女の子と眼が合うと、自然に笑いかけたくなってしまう。彼女達と同じように、私も勤めに行くのだと思うと、たまらなく愉快になってくるのだ。寮母の母の手伝いをしながら小説を書いていた時は、勤めを持っている彼女達にひけめを感じていた。

車内の若い男性の多くは、暑いさかりだからなのだろう、居眠りをしている。私は、居眠りをする気持は全然起らない。素敵な男性とのめぐり逢いを心待ちにしながら、いつも眼を開いている。

ビルのエレベーターの中で、偶然、高校時代のクラスメートと卒業以来七年ぶりに逢った。

「結婚はまだなの?」

私がそっと聞くと、

「まだよ」

彼女はあっさりと答えた。

「私もなの」

自分でもおかしなくらい、はずんだ声になってしまった。もし、彼女が結婚していると答えたら、私は素直な気持で、「おめでとう」をいえなかったと思う。彼女の方も、私がまだ独身であることに、ほっとしたのではないだろうか。先にエレベーターを降りることになった彼女は、私の眼を真直ぐにみつめ、

「お互いに頑張ろうね」

といった。まだ結婚していない女の子同士の連帯感のようなものを、私はその時、強く感じた。


昨日、会社がひけてから、大学時代の友人T子さんと銀座で落ち合った。一つ年上の彼女とは、一年ぶりの再会だった。ひと目みた時、女らしく優しくなったと感じた。昨年逢った時は、学生時代の優等生の固さが取れていない感じがして、劣等生だった私は少し息苦しかった。彼女が二十五を過ぎてから、女らしく魅力的になったことが嬉しかった。もうすぐ二十六になることが、少しも恐くないような気がしてきた。

「とても嬉しそうね。何かいいことがあるんじゃない？」

レストランで向い合うと、私はささやいた。

「実は私、好きな人ができたの。でも、彼の前に行くと何もいえないの」

「勇気を出していうべきよ。結婚が決まったら必ず、すぐに教えてね。忘れちゃ困りますよ。私、その日が近いことを、お祈りしているわ」

うなずいている彼女の顔をみながら、私も早く、私の王子様とめぐり逢いたいと思った。

二十五の私は、心静かに、王子様の跨がった白い馬のひづめの音が近づいてくるのを待とうと思う。王子様は必ず現われる。そして、私を鞍の上に乗せて、どこかへ連れていってくれる。私は、そう信じたい。

未知の彼女は
ぼくのいちばん
好きなかたち、
人間であることの
悩みからぼくを
解放してくれたひと、
ぼくは彼女を見、
それから見失う、
そしてぼくは
ぼくの苦しみを甘受する、

冷い水の中の
小さな太陽のように。

エリュアール

私は、この詩の「彼女」を「彼」に、「ぼく」を「私」に置き換えて口ずさんでいる。
私が今、いちばん好きな詩である。

（昭和四八・一〇）

赤い財布

交通ゼネストで会社がお休みになった日、私は母と渋谷の街を散歩した。二年前、渋谷に引越してくるとまもなく勤めるようになったので、平日の昼間、この街を歩くことはない。青空の下を母の歩調に合わせてゆっくりと歩きながら、二年前迄はこうやって毎日寮母の母にくっついて、近所の商店街へ買物に出かけていたものだと思った。当然その頃は、母と一緒に歩ける時間が貴重だなどという考えは、みじんも頭をかすめなかった。
私たちは、宇田川の裏通りを渋谷駅に向って歩き出した。ここは会社からの帰り、そんなに足が疲れていないとき通る道である。「くいもの」とか「流人小屋」とかいった風変りな店の中にオレンジ色の火がともり、中華料理屋の店先からおいしそうな匂いが漂ってくる。母は今夜はどんな夕食を用意して待っていてくれるだろうかと考えているうちに、馬蹄型のカウンターの並んだ喫茶店の前にさしかかる。ガラス越しに、若い男性が二、三人ずつ固まって何やら話しているのがみえると、ガラスのドアを押し、中に入ってみたい衝動にかられる。しかし現実には一度も入ったことがない。私はひとりでは、誰かと待合わせでもない限り喫茶店に入ることができない。ひとりぽつんとコーヒーを飲むことは、想像しただけで寂しい。

昼間の裏通りは、夕方のような活気はないかわりに、ランチ三百五十円といった看板が店先にぶらさがり、猫がのっそりと徘徊していて、のどかな雰囲気だった。八百屋さんの店先の夏みかんに眼をやりながら、数ヵ月前の会社の休みの日、この八百屋さんから家までの約四百メートルの間に母が財布を落したことを思い出した。

八百屋さんに立ち寄った時、既に母も私も夕食のおかずや朝食用のパンで大きくふくらんだナイロンの買物袋を両手にしていた。そこに更に野菜を押し込み、私たちは機嫌よく家まで帰ったのである。夕食の準備に取りかかる前に今日の買物の計算をしようとして、母は買物袋の奥にいれた筈の財布がなくなっているのに気がついた。中に二万円入っているといわれて私はあわてたが、母は案外平気な顔をして、八百屋さんでお金を払う際落したのかもしれないといった。私も一緒に八百屋さん迄いったが、なかった。道にも落ちていなかった。赤い財布なので落ちていればすぐわかる筈だった。それだけに、もう誰かに拾われてしまったような気がした。

二階の我が家に戻ってくると、母は一階の郵便受の棚の上に財布を置き放しにしてきたような気もするといい出した。二段に細長く並んだ郵便受のうち、下の段のほぼ真ん中に我が家の郵便受はある。買物袋をぶらさげて帰ってきた際、その中をあけようとして、財布から鍵を取り出し、そのまま財布を棚の上に置いてきたのかもしれないというのである。それでは、その鍵は今どこにあるのかと聞くのも忘れ、私は一階へかけ降りた。郵便受の棚の上を掌で何度か往復したが、触れたのは、うっすらと溜った埃と宛先不明の郵便物だけだった。

それからしばらくして、郵便受の棚に赤い財布が置いてある夢をみた。翌朝、もしやという期待を抱いて棚を見上げたが、変化はなかった。財布を拾った人が今それを、誰かわからぬ持主に返したいような気持になっているから、こんな夢をみたのだと思った。

「いつか落した二万円、惜しかったわね。あれだけのお金なら、おいしい御馳走を食べられたのにね」

と母に話しかけた。

「そうねえ」

母は深くうなずきながらいった。

財布を落した数日間、母は、これはきっと何かの厄払いになったのよ、かえってよかったのよ、少しも惜しい気がしないわ、といっていた。しかしやがて、その母の口から昨夜財布が出てきた夢をみたと聞かされ、やはり母もがっかりしていたのだとわかった。母はそれからしきりと、今迄通り紺か灰色の財布を持っていればいいものを、年甲斐もなく赤い財布など持っていたのがいけなかったのだというようになった。今年六十二になる母が、私に黙って赤い財布を買ってきたことに妙な苛立ちを覚えていた私は、そうよ、そうに違いないわ、ママのようなおばあちゃんが赤い財布なんて、ふざけた感じがしたわ、と調子に乗っていった。

「あの時、私が財布を落したのはね、あなたと歩いていたからなのよ」

「それまで私のせいにするつもり？」

道を歩いているのも忘れて少し声を荒げていった。母は真直ぐに前方をみつめながら、

「私、ひとりで買物に出かけた時は、いつもしっかりと歩いているのよ。でも、たまのあなたのお休みの日ふたりで歩いていると、嬉しくて、つい落着きを失ってしまうのね」

私は黙って下を向くことしかできなかった。

（昭和五〇・七）

焼肉屋

渋谷宇田川の焼肉屋に入りたいと思うようになったのは、一昨年、社内旅行で若狭（わかさ）に行った折、数年ぶりに食べた焼肉がとてもおいしく感じられたからだった。その時、焼肉にはミノ、ハツ、ロース、カルビといった種類があったことを思い出した私は、それからこの焼肉屋の店先を通るたび、ショーケースの中のサンプルを覗き込むようになった。

渋谷には他にも焼肉屋は沢山あるのに、何故か、ぼたん色のくすんだモルタルのこの店が気

になった。

昨年、交通ゼネストで会社がお休みになった日、母とその店の前を通りかかった。ちょうどお昼時で、「ランチタイム、焼肉定食四百五十円」と書かれた黒板がでていた。漠然と、焼肉はおいしいけれど高くつくと記憶していた私は、その値段にまずびっくりした。

「今日は私がおごるわ。入りましょう」

いきおいこんでいった。

ストの影響で客は殆どいないのではないかという想像に反して、店の中は四方から肉を焼くジューッという音と白いけむりがたちこめていた。壁際に母と向い合って腰かけると、

「私ね、ママと一度この店に入りたいと思い続けていたのよ」

「あら、そう」

母は大きな眼で店の中を眺めまわしながら、うわの空のようにいった。少し物足りなく思った。

「お待たせしました」

という若い女性のはりきった声がして、テーブルの真ん中のガスに火がつけられた。キムチやスープなどと一緒に運ばれてきた牛肉は、ロースの細切りだったが分量はたっぷりあった。

「こんなにおいしいものとは思わなかったわ」

母の言葉に、急におごるのが惜しくなった。

「ワリカンでいこうね」

小さな声でいうと、

「いいわよ」

母はあっさりとうなずいた。

「窓際に坐っているのは皆、男性よ」

突然、母がささやいた。みると確かに、三つのテーブルにはそれぞれ男性がひとりずつ腰かけていた。一番奥の席は、三十過ぎの思慮深く優しそうな男性で、シナリオを書いている人のような感じがした。真ん中の男性はもう少し若く、髭を生やしていて、音楽家のようでもあり、まだ学生のようでもあった。一番手前の男性は……。

「どの人も素敵ね」

母がはっきりとした口調でいったので、それ以上はみられなくなってしまった。聞えなかったかしら、あの中の誰かひとりがこちらをみているような気がして、あわてて皿の肉を残らず網の上に並べてしまった。肉が焼けてくると共に心も落着き、あの人たちは果して独身かしら、と考えた。ひとりで食堂に入っているからといって、決して独身とは限らない。それでも尚、独身と考えたい気持がある。同じように、おそらくもう二度と逢うこともない人と思いながら、もしかしたら知り合いになれるかもしれないと考えてしまう。街ですれ違う時にも、電車の中で向い合った時にも……。

外に出てから、もう一度ふたりでショーケースの中を眺めた。

「おいしかったわ。またこようね」
というと、母は、
「今度は、男性とこられるといいわね」
といった。

（昭和五一・三）

白いブラウス

先日、行李から夏の衣類を取り出していたら、ポリエステルの白のブラウスが出てきた。それは十七歳の時、川端先生のお家に伺うことになって、急いで銀座のデパートで買い求めた上等のブラウスだった。一緒に買った紺のスカートは痛んでしまっているのに、丸襟(まるえり)のブラウスは色も形も十二年前と変らない。今着ても少しもおかしくないように思われた。襟のほつれを直して、鏡の前に立つと女子高校生に戻った心地がした。川端先生にあの時おめにかかっておけばよかったと思った。

それから二年経って、私の書いたものが本になった時、先生は推薦の言葉を書いて下さった。孤児として育たれた川端先生は、父の顔を知らずに育った私にいつくしみをおぼえて下さったのだと思う。

ブラウスを買う少し前、私は『伊豆の踊子』を読んだ。読み終えて、このような愛を経験したいと思った。踊子と別れた主人公が船の中で涙を流していると、「何か御不幸でもおありになつたのですか」ときかれる。「いいえ、今人に別れて来たんです」という主人公の言葉が胸にしみた。ぽろぽろ涙をこぼす主人公が少しもセンチメンタルには感じられなかった。「頭が澄んだ水になつてしまつてゐて、それがぽろぽろ零れ、その後には何も残らないやうな甘い快さだった」と最後に書かれていたが、実際読んでいても、この主人公の涙は、海の波しぶきのようにすがすがしく感じられた。そして泣けるだろうと思った。こういうことで泣いたことのない私は、この主人公のように泣いてみたくなった。踊子が主人公の眼に十七くらいに見えたということが、その時十七だった私にはうれしかった。私は十七という年が気にいっていた。十六歳といえばまだ子供で、十八といえばもう女という気がして、いつまでも十七歳でいたい気持だった。

続いて、先生の「掌の小説」を読んだ。それは、どれも原稿用紙十枚前後の小篇だった。その中の『骨拾ひ』を読んで、既に十代の終りに、このようにさめた眼を持っていられた川端先生に畏敬の念を覚えた。父の顔を知らずに育ち、貧乏をしていたとはいえ、いつも母に甘ったれていた私は先生とは大違いだと思った。

『夏の靴』が「掌の小説」のなかで一番好きだった。乗合馬車の馭者(ぎょしゃ)に別荘の令嬢と思わせた少女が、実は感化院を脱け出た少女だったという爽やかさに、眼のさめる思いがした。

大学生になった私は、『夏の靴』のことを忘れていた。そして、『伊豆の踊子』の主人公のように泣くこともなかった。

その後、先生のノーベル賞受賞のニュースをきいて、何故かもう先生とはお会いすることはないような気持になった。

しかし私は、先生の『眠れる美女』や『美しさと哀しみと』を読み、先生は、あの『伊豆の踊子』の頃と少しも変っていらっしゃらないと感じていた。先生はずっと、『伊豆の踊子』のあの少女を思っていらっしゃるのだと思った。

『美しさと哀しみと』の音子は、少女の頃、妻子ある作家との間に女の子を生み、死なせてしまう。その子のために、「嬰児昇天」と題する絵を描こうとしているのだが、なかなか描けない。そこへ、けい子という少しアプレの少女が音子に弟子入りする。このふたりの同性愛が描かれているが、それは作家と音子の愛を純化させる役割を果していて、少しも濁りを感じさせないのだった。もし、けい子が男だったら、違っていたのではないかと思った。

『雪国』を読んだのは、その後だった。この小説からは『伊豆の踊子』を感じることができなかった。島村という作家の身勝手さが好きになれなかった。川端先生も世間体を考える男性であるということに初めて気がついた気がして、寂しかった。世俗のすべてを超越して、女性を大切に大切に考えている男性だと、私は先生を捉えていたのだった。

川端先生が突然、亡くなられたというニュースをきいた時、私の心はしんとした。先生は、あの『伊豆の踊子』の少女の傍にいらっしゃったのだと思った。

先生が亡くなられた年の夏から、私はまた、しまっておいたあの白いブラウスを、よそゆきに着るようになった。それを着ると、これから先生のお家へお伺いするような気持に、ふとなった。

あれから五年、先生への思い出は、白いブラウスを買った二、三年前と変っていない。


（昭和五二・九）

「治子」から「はる」へ

二月末に寮の閉鎖が決まり、母は寮母をやめることになった。アパートへ移る手続きをすませた私達母子は、春になったら、二十年前住んでいた葉山の海を見にいこうと話し合った。引越して一ヵ月経ったけれど、私達はまだ海を見に行っていない。行きたいと思えば、いつでも行けるのだという安心感が、ふたりを慌てさせない。

新しい生活を始めるに当って、私は名前をそれ迄の「治子」から「はる」に変えた。初めて、「はる」さんと呼びかけて下さったのは椎名麟三先生だった。

引越しを数日後に控えた晩、山下武さんから電話がかかってきた。明日、椎名先生が僕の家におみえになるのであなたもどうぞ、というお話だった。

数年ぶりにおめにかかった椎名先生は、かつてのようにふっくらとした丸顔ではなく、面長なお顔に見えた。どうなさったのかしら、とお尋ねしようとしているうちに、先生の方から、昨年心臓病で入院中十三キロも痩せた、と教えて下さった。お声は以前より小さいけれど、若々しく頼もしい御様子の先生に、私は名前を「はる」に変えようと思っていることをお話しした。先生は、

「はるさん、今何か書いていますか?」

こういう場合いつもそうなのだけれど、私は曖昧に笑ってうなずいた。

「どういうものですか?」

「お話しするのは、恥ずかしいんです。モーパッサンの『脂肪の塊』が大好きなんですが……」

娼婦を取り上げて書いていらっしゃる椎名先生は、きっと『脂肪の塊』をお好きだろうと考えながら私は答えた。

「モーパッサンの文章もいいけれど、チェーホフの文章はいいですよ」

しまった、と思った。チェーホフをお好きなことがわかっていたら、私は当然チェーホフの名前を持ち出していた。モーパッサンとチェーホフは、同じ位に好きな作家である。先生は、チェーホフの文体についてお話しして下さった。それまで、チェーホフの文体を考えたこともなかった私だったけれど、先生の丁寧な御説明によって、その文体がどんなにすぐれたものであるか、はっきりとわかった。先生のこのお話を、しばらく誰にもいわないで心の中で反芻していこうと思った時、

「あのね、さっきから気になっていたんだけれど、はるさんは恥ずかしいという言葉を何度も使うね」

私は顔を上げられなくなった。恥ずかしいというと、人は寛大に見てくれる上に、つつましやかにも感じてくれるだろうと勝手にきめていた。本当に恥ずかしく思った時の私は、黙っていた。

「僕は、君のお母さんにお逢いしたことがあります」

下高井戸の駅前で買物の最中、椎名先生におめにかかったので御挨拶をしたら、先生はむずかしい表情をなさったと母が話してくれたことがあった。母はその後で、「先生は私をお嫌いなのかもしれない」といった。椎名先生に御無沙汰していた一因は、この一言にもあったように思われてきた。

「お母さんはその時、『私は、恥ずかしい女です』と挨拶されたんです。僕は、どきりとしました」

どうしてそんなことをいったのだろう。母は決して、私のように人前でポーズを取って、「恥ずかしい」といったりするタイプの人間ではない。率直である。

「僕は、すぐわかりました。お母さんは、戦後まもなく太宰さんとのことを、小説にして発表されたことがありますね。それを僕が読んでいると思って、そういわれたんです。確かに、あれはよくないものでした」

太宰の死んだ直後にあの小説を書いたことは、生涯の黒いしみだったと、母は私にも繰り返しいっている。しかし乳呑児の私を抱えて、強く生きるすべを知らなかったあの頃の母を考えると、私は非難できなくなる。

「しかし、お母さんはもう何も気になさることはないんです。気になさらないように、はるさんが仕向けてておあげなさい」

母が挨拶した時にむずかしい表情をなさったのは、母の悩みを感じとって下さったからだった。私は、先生のこのお言葉を母にそのまま伝えることが、寮母をやめるに際しての何よりのはなむけになると思った。帰りのタクシーの中で先生は、

「君は痩せてはいないけれどね、僕の今の心境は、『痩蛙、負けるな一茶ここにあり』なんだよ」

とおっしゃって、何度も強く手を握って下さった。その晩帰るとすぐ私は、先生のお言葉を伝えた。母は、ありがたい、といってうつむいた。

母と私の場合、恥ずかしいという言葉の底にあるものは全く異なっていた。先生はそれを見抜いていらしたのだと思う。その先生に、私はこれから更に導いていただきたいと願っていた。アパートに引越してきてから、一度だけ、もし先生がお亡くなりになったら、どんなに寂しいだろうと考えたことがある。しかし、あのタクシーの中での先生の力強い握手を思い出して、そんなことがある筈がないと安心していた。

椎名先生は、三月二十八日に突然お亡くなりになってしまった。

（昭和四八・六）

ちょび髭のひと

小学生のころ、私はよくこんな絵を描いていました。パイプを手にし、口髭をたくわえたお父さんが、ソファにゆったりと腰を下ろしています。優しいまなざしは、周囲の奥さんや子供に向けられています。当時の私が思い描いていたお父さんの像でした。

最近、父親の権威が失墜したという話や、ダメおやじとかいう言葉を耳にしますが、母子家庭の私にはよくわかりません。一年ほど前から、中学生の身の上相談のお返事を書かせていただくようになり、この世の中には実の娘になぐるけるの乱暴をしたり、「こんな娘はもういらん、こんなやつをもらってくれるひとはいないか」というお父さんもいることを知りました。そのお父さんがなぐるけるの乱暴をふるうようになった原因について、中一のA子さんの手紙にはこう書かれていました。

「……小学一年の一学期の通信簿で頭が悪いと知ってから冷たくなり、その日から弟に優しくなりました」

どこの家庭でも、はじめての子供にはとても期待を持つのが自然です。そしてその子供がはじめて持ち帰った通信簿に、ショックを受けることが多いのではないでしょうか。このお父さんも、期待を裏切られたという無念さから、可愛さあまって憎さ百倍になったのでは、という気がします。単純な一本気ないい方なのだと思います。しかし、一家の大黒柱であるお父さんです。A子さんの長所を引き出し、育てていく責任があったのでは、と思います。このお父さんは、お母さんにも乱暴されているようでした。一本気な方なので、外でも裏切られたと感じることがしょっちゅうあって、それが家で乱暴を働くことにつながっているのだと思います。自分より心も体も弱い妻や娘にあたり散らすのは、男らしくないと思います。男らしいお父さんこそ最高です。私にとって理想の父親像は、すなわち理想の男性像です。

オルコット女史の『若草物語』は、小さい時から大好きでした。エリザベス・テーラーの出演する映画も観ました。南北戦争に従軍牧師として出征している父親を待つマーチ家のメッグ、ジョー、ベス、エィミイの四人姉妹とその母親の家庭は、クリスマスもささやかにしか迎えられません。不満をもらす姉妹たちに、マーチ夫人は戦地の夫マーチ氏からの手紙を読んできかせます。

「……皆、それぞれの務めを忠実に果し、心の敵とたたかい、父が帰宅した時は、以前にまして父の愛すべき、誇るべきレディになるように」

姉妹四人は父の教えを守り、最善を尽すことを誓い合います。次の年のクリスマスに、一時戦地で重態だったマーチ氏が無事帰還し、娘ひとりひとりのけなげさをたたえるところで物語は終りますが、このお話は、たとえ父が傍にいなくても父の愛を身近に感じ、強く生きられることを示しています。しかし、あのお手紙をくださったA子さんのように、傍にお父さんがいらしても、父の愛を感じられない少女もいたのでした。

生まれた時から父がいなかった私は、そのことを寂しいと思うより先に、母に甘えて威張って暮していました。母はひとりで父の分も、私を守って育ててくれたのです。その母への感謝の念が足りなかったと、最近しきりに思います。私は決していい子ではありませんでした。母に勉強しますといいながら、勉強しませんでした。勤めにでていた母は、その言葉を信じていたのですが、鍵っ子だった私がアパートの一室で、ひとり何をしていたかといえば勉強ではなく、何か珍しいものがでてこないかと、たんすや押入れの中をかきまわしたり、鏡台の引き出しから母の口紅を取り出し、そっと塗ると鏡の前でひとり芝居にふけっていたのです。帰ってきた母は、散らかした部屋の掃除やら洗濯で夜中の二時近くまで起きていて、しかも翌朝早出で五時起きすることがしょっちゅうでした。母の顔に今、しわが目立って多いのも、あのころのことが影響しているのだと思うと、なんともいえない気持になります。そして私は、ずっと勉強してこなかった報いが今この年になってはっきりと出ています。文章を書くにつけても、それが眼にみえて障害となっています。

もし母とではなく、父とふたりで生活していたのだったら、私は父のいうことはなんでもよく聞いたように思います。それがどうしてわかるかというと、小さいころ親戚の家で夜泣きして、その家のおじさんから、「うるさい」とどなられると、ぴたりと泣きやんだからです。また小学生の時、男の先生に注意されたことは、とても身にしみました。クラスの男の子とけんかをして、男の先生から、そんなことをしてはいけないと注意された時は泣きじゃくりながら、もうそんなことはしません、と誓ったものです。実際、あれから私は男の子とけんかをしなくなりました。

小さい私にとって、死んだ父は神さまでした。空の上のお星さまのような感じでもありました。とても困ったことが起きた時——お金がなくなったり、母や私のいずれかが病気であったりすると、きまって父にお祈りしました。すると、私たち母子は救われました。私の生まれ方が普通と少し違っていたので、母は父のことを生身のお父さんとして教えませんでした。お蔭で父のことを、ひいては自分の生まれ方も、少しも暗い気持で考えずに子供時代を過すことができました。母の方は、ホーソーンの『緋文字』のヘスターのように生きています。

「この子は私の可愛い子で父をいつでも誇つてすこやかに育つことを念じてゐる」私が生まれた時、父が書いてくれたお墨付の言葉です。あの『若草物語』のお父さんのマーチ氏が、戦地から姉妹宛に書き送った手紙にも似ているように思われ、ほのぼのとうれしくなります。そして、ふと、マーチ氏が戦地から帰ってきたように、ひょっこり父が目の前に現われたら、と考えたりします。最近、この世にもどってきた父を夢にみましたが、悲しげに目を伏せていました。

高校時代の一時期には、父を生身の父親としてとらえ、息苦しくなったことがありますが、今はもうそんなことはなくなりました。神さまとしてとらえるには、いささか欠点の多い男性ということがわかってきましたが、空のお星さまのように感じられるのは幼女時代と同じです。

今、絶えまなく頭にあるのは、私の子供のお父さん、すなわち私の御主人になってくださる方のことです。その方がどんな方か、まだわかりません。でも、あの子供時代によく描いていたちょび髭のお父さんと、どこか似ている方のように思います。

（昭和五三・六）

初めての出勤

ＯＬになってよかった

昨年の六月、母の叔父から電話があって有楽町の会社へ急に勤めることが決まった時、私は、長年会社勤めをしていらっしゃる方達からアドヴァイスを受けた。

Ｋ氏は、私の就職と住宅の決まった葉書を読んで、すぐに電話を下さった。

「そうですね。もし僕に妹がいて、その妹が就職することになったら、僕は、誰にでもにこやかに応対するようにいいますね」

「はあ」

「こういうことをいうと、あなたは、いやらしい、欺瞞だと思うかもしれないけれど、たとえ会社にとって招かざる客がやってきた時も、にこやかに応対するのが女の子のつとめだと思うのです。そういう客だからこそ、なおさら、にこやかにしていなくてはいけない。それから、その会社がどんな会社かは、まず電話をかけて、最初に出た女性の声で大体わかっちゃうものですよ。姿がみえないからといって、安心してはいけない。『女は愛敬』という言葉を忘れずにね」

私は、Ｋ氏のお言葉を胸の中にしっかりと刻み込んだ。

勤めてから九ヵ月になる。毎朝、山手線のプラットホームに立って、電車の入ってくるのを待つ僅かの時間が好きだ。私はその時、いつも大抵ぼんやりしている。夏、暑いさかりにホームに立って考えていたのは、今日も一日暑いだろうなということだけである。そしてそのことを、少しも厭だなと感じたことはなかった。秋の気配を真先に感じたのも、この朝のホームだった。ひそやかな風を頰に受けながら、私はこの世の人びとが……逢っていない人も含めて全て、なつかしくて仕方がないような気持になっていた。

けさも、ホームに緑色の車体が滑り込んでくる。朝の光の反射した窓ガラスに、私の姿が映し出されているのに気がつくと、その自分に笑いかけたくなる。これから私は、沢山の人に混じって勤めにでかけるのだ。

勤めに出ることは、学校を出てからの私の夢だった。小説を書きながら寮母の母の手伝いをしていた私は、勤めを持っている人にひけめを感じていた。しかし、私には事務能力がないからと諦めていた。そんな私に向いている仕事が与えられたのだ。電話の応対、お客様の接待、簡単なお使い、私はそのどれもが楽しい。だから、努力しなくても、K氏がアドヴァイスして下さったように、にこやかにしていられる。

会社はビルの十階にある。

ドアの鍵をあけると、私は窓に向って駆け出す。明るい陽射しがまぶしい。私は大きく息を吸い込む。東京の中心に勤めに来ているのだと思うと、窓ガラスをピカピカに磨きたてたくなる。雑巾がけは、少しも苦痛ではない。

電気掃除機をかけようとしていると、同僚のO氏がおみえになる。

「おはようございます。今日もいいお天気ですね」

「そうですな。晴天が続きますな」

そういいながら、コートと背広を脱ぎ、奥様が編まれたという白のチョッキ姿になったO氏が、

「あとは、僕がやります」

と掃除機をかけて下さる。

「すみません。お願いします」

ゴーゴーと鳴り出した音を背に聞きながら、私は洗い場へ雑巾をゆすぎにでかける。それから一度戻ってきて、今度はお花の水を取り替えに。洗い場は、十階の他の会社の女性達で混雑している。二十代から五十代までの様々な世代の方達に、おはようございます、と大きな声で挨拶をする。私と同い年か、あるいは二つ三つ年下と思われる女の子が、雑巾をゆすいでいた手を休めて、

「あなたのところは、毎日お花の水を替えるのね」

「ええ」

と答えながら私は、昨年暮れ一本八十円だった菊の花が、今週は百五十円になっていたことを思い出していた。

陽のさし込む窓辺の中央に花を飾ると、事務所の明るさは一層増すような気がする。私は蠍(さそり)

座生まれなのに、薄暗い部屋は好きではない。ビルの一階の花屋さんで、その週、一番新鮮な、しかも手頃な花を買う。今週はアイリスを五本買った。花を選んでいると、オフィスレディになれたのだという実感が湧いてくる。花束を抱えて十階まで、階段を昇りながら私は、普通の女の子より勤めるのが遅くなったのと同じように、結婚も遅れているのだと考える。しかし、そろそろ相手が現われて下さってもいい頃だ。

隣で雑巾をゆすいでいる女の子の左手の薬指に、金のかまぼこが光っていた。

「ところで、あなたのところは女の子ひとりね。寂しくない?」

彼女は再び、ゆすぐ手を休めて聞いた。私は、曖昧に笑った。私の机は、入口のドアに向って一番前にあり、背後の机のO氏の顔はみえない。O氏はおしゃべりではないし、社長室に来客のない時は壁時計の音が聞えるほど静かである。それを、寂しいと思ったことはない。

ヤングミセスの彼女と廊下で別れて部屋に戻ると、すでに電気掃除機は引戸の中にしまわれていて、O氏は冷蔵庫の前に立ってじっとそれを眺めていらっしゃった。

「冷蔵庫がどうかしたんですか?」

私が聞くと、

「いや、冷蔵庫の上のゴミは、これはなんだろうと思って、それをちょっと、太田さんに聞こうと思って……」

それは、お茶の粉だった。冷蔵庫の上で、私はここ数日、茶筒から急須にお茶をいれていた。

その粉が飛び散ったままになっていたのである。外の景色をみながら窓ガラスを磨くことに気をとられていて、冷蔵庫の上を拭くことを忘れていたのである。

「すみません」

私は、雑巾でそれを拭きとりながら、O氏を少し恨めしく思った。そんなことを私に教える前に、御自分で拭いて下さってもよかったのにと……。しかし、すぐに思い直した。もし、O氏が教えて下さらなかったら、私はこれからも、その上にお茶の粉を撒き散らしたままにしていただろう。そして、お客様の眼が、お茶の粉の飛び散った冷蔵庫の上にいったとしたら、決していい印象は持たれないだろう。O氏は親切な方なのだと思った。そして私は、人に注意されることに慣れていない気ままな女の子だ。これからは、O氏に対してもっと素直になろう。いつのまにかO氏は、机の上に新聞を拡げて見入っていた。粉を撒き散らさないように、気をつけながらいれたお茶を持っていくと、O氏は、「うん、これはおいしい」とおっしゃって飲んで下さった。

自分の机でお茶を飲みながら、私は学生時代、品川の印刷会社へアルバイトに行った時のことを思い出した。校正という職種に、私は漠然と編集者のイメージを持って行ったのだけれど、実際は、刷り上がったばかりのタイム・カードを色分けして小さな箱に詰める手仕事だった。不器用な私は指先を汚してしまい、その汚れをカードにつける。一メートル離れた向いの席に腰かけている課長は、私がカードを汚すたびにそれをめざとく見つけ、

「注意して下さい」

と大きな声を出された。日に四、五回注意されて外に出ると、まだ陽も落ちていないにもかかわらず眼の前が真黒にみえた。

あの頃は、その課長さんを大変意地悪な男性に感じていた。それは間違いだった。印刷会社では、一枚のカードを汚すことが大変なことだったのだ。課長という立場上、私に大きな声で注意を与えたのは、もっともなことだった。そうわかっただけでも、勤めるようになってよかったと思っている。


（昭和四九・五）

渋谷の裏通り

今年の六月は、数ヵ月前には考えもつかなかったような変化が身近に起りました。月の初めに、母と私は、母の叔父の紹介で渋谷駅から歩いて十分のマンションの二階へ引越しました。そこから私は毎日、大叔父の事務所を兼ねた有楽町の会社へ秘書として通うようになったのです。

夜、部屋の窓際に立つと、暗いビルの谷間に挟まれて、部分的ではあるけれどTデパートの大きなネオンが、手で触れられそうになるくらい近くに見えます。Kホテルの赤いネオンは、更に近くに隈（くま）なく見えます。

引越してきて数日後、そうした町のネオンを眺めているうちに落着かなくなり、半ば夢中で道玄坂の方へ歩き出しました。目当ての洋裁店の前まで来ると、店内から「蛍の光」のメロディーが流れ出しました。夜も九時近くなっていることに気がついた私は、変な男から声をかけられないように祈りながら、走って帰りました。

その晩、何事もなく帰りついたことに安心して、勤めが始まるまでの数日間、渋谷の夜を徘徊しました。裏通りは、ひとり歩きが怖いので母と歩きました。そこには、小さな飲屋やスナックにまじって連れ込みホテルが軒を並べていました。入口際に柳の木をなびかせた純日本式の建物があるかと思えば、西洋風に白いお城を型どったような建物もあります。それが凝(こ)った造りをしていればいる程、私には薄汚いものに見えました。そのくせ、入口の奥にぼんやりと見える玄関をあけて、内部の構造をのぞいてみたい気もします。しかし、やはり嫌悪感の方が強い。セックスは、ロミオとジュリエットのように本当に愛し合った者同士が激情のおもむくままにするべきだという考えを、私は二十五歳の今日まで持ち続けているのです。連れ込みホテルの小さな入口を、こそこそと通り抜けたあとでするセックスは、ぞっとする位わびしく感じられて、私が妄想している甘美なベッドシーンとは全く異なったものに思われます。しかし私は、娼婦と呼ばれる女性達には、むしろ好意を感じています。世の中からけがらわしいとさげすまれている娼婦にのみ、偽善性がみじんもない場合もあるのだということを、私はモーパッサンの『脂肪の塊』から教えられました。

結局私には、あの淫靡(いんび)さを誇示するようなホテルの看板や建物の造りが目ざわりに感じられるのです。渋谷中の連れ込みホテルが、あやしげな看板を下ろし、普通のホテルに改造されるといいと思います。そうしたら、渋谷の裏通りはどんなにすっきりするだろう、と考えながら歩いていると、部屋の窓から見える、Kホテルの裏側にぶつかりました。紫の照明灯に、「休憩料何千円より」といった文字が刻み込まれているのに気がつくと、私は、「ブルータス、お前もか」とつぶやきました。しかし、すぐに、表からはそれとわからなかっただけ、他の連れ込みホテルよりましなのだ、と思い直しました。

連れ込みホテルの存在が、こんなに気になるということは、二十五歳にもなって、まだ私のロミオが現われて下さらないからかもしれません。

この年になって初めて就職したことを知った方達の中には、これを機会に若い男性と接触できるようになるだろうといって下さる方がいます。しかし、目下会社で一緒にお仕事をしているのは五十代の温厚なおじ様おひとりであり、会社におみえになる方の殆ども、年輩のおじ様達なのです。

（昭和四八・九）

山手線の窓から

毎朝、渋谷の駅から山手線に乗って有楽町のビルへ通勤している私は、電車の窓から外を眺めながら色々な思いに浸ります。殊に、空の青さが眼に沁みるような朝は、未来の夢や過去の楽しい思い出が浮かんできます。

けさもいいお天気だったので、まだ眼の前に現われて下さらない未来の夫のことが浮かんできました。私の御主人になって下さる方は、今どこで何をしているのだろう。年はいくつ位の方かしら。

「あなたは、わがままなひとり娘だから、結婚相手は年輩の方がいいんじゃないかしら？」

母の言葉を思い出しました。

「そんなことないわ。私は若い男性との結婚をあこがれているの」

その時、私はそう答えました。しかし、よく考えてみると、私は年輩のおじ様達のお話を、とても素直な気持で聞くことができるのです。この方達を通して、私は赤ん坊の時に死んだ父を想っているからです。

もしかしたら、四十前後の方の中に私をわかって下さる方がいらっしゃるかもしれないと考えていると、恵比寿の駅がみえてきました。渋谷と恵比寿の間隔は、いつも大変短く感じられます。十六年前、恵比寿に住んでいたことがあるからのような気がします。当時小学校一年生だった私は、母と恵比寿駅から歩いて五分のバラックの二階に間借りしていました。お金が一銭もなくなると、母は私を連れて渋谷の古本屋へ、本を売りに出かけたのです。雨もりのする三畳の部屋から渋谷に向う時、お腹は減っていましたが、かなりの道のりを辛く感じた記憶はありません。母と手をつないで歩けることが、その頃の私はとても嬉しかったのです。親戚の家での居候生活に終止符を打ち、ふたりきりの生活が始まったばかりの頃でした。
恵比寿の次の駅、目黒も思い出が沢山あるところです。約半年間の恵比寿生活に続いて、高校三年の夏迄十年間も母と住んでいました。母の会社がお休みの日、母と私はよく権之助坂（ごんのすけざか）を散歩したものです。大鳥神社のおまいりをすませてから、私達はぶらぶらと坂を登っていきます。本屋に立ち寄ったり、洋装店や靴屋の店先を覗いたりしながら駅前まで来ると、今度は反対側の商店街を歩いて帰るのです。帰り道には必ず、坂の中程の鰻屋さんで鰻のかぶとを買いました。鰻の頭を三つ四つ、串刺しにして焼いたそれは、蒲焼きと比べて遥かに安い上においしかったのです。

あのかぶとはまだ売っているのかしら、と考えているうちに、電車は五反田のホームに滑り込みました。進行方向左側にみえる広い舗道は、大学時代、同級生の女の子とおしゃべりをしながら歩いた道です。おしゃべりの内容は、キャンパスの感じのいい男の子の噂が主でした。あの頃の私は、切実な悩みを持っていませんでした。勉強不足で英作文の単位を落したことよりも、母から少し太ったといわれたことを気にするような女の子でした。そして、近い将来必ず、優しい微笑をたたえた素敵な男性が眼の前に現われて下さると信じて疑わなかったのです。

（昭和四九・一）

悲しみ

心の中にいだいている理想とかけ離れた生き方をしている自分に気がついたとき、私は悲しみを感じます。

有楽町のビルの大叔父の事務所へ通勤するようになって半年がたちました。初めて、ビルの入口の分厚いガラス扉を押したとき、こんなにりっぱなビルに毎日通勤できるのが夢のような気がしました。今でも、一階の花屋さんで事務所に飾る花を買うとき、こうしていることは夢ではないかしら、と思うことがあります。エレベーターを乗ったり降りたりすることも、まだもの珍しく感じられますし、ビルの窓から都庁の建物や新幹線が走っているのを目にすると、東京の中心で働いているという実感が湧いてきて、にっこりしてしまいます。学校を出てから、寮母の母の手伝いだけをしていた私は、東京の中心に勤めたいとよく考えたものです。

昨年のクリスマス・イブに、私は会社が引けてから銀座を歩いてみました。暗いのに驚きました。石油危機は深刻だな、と思う一方で、はなやかさの失われた銀座をわびしく感じました。店頭にうずたかく積まれたクリスマス・ケーキも、あまり売れてないようです。一刻も早く、ケーキを買って待っていてくれるはずの母のもとへ帰りたくなりました。

駆け足で帰ってきた私は、ケーキをほおばりながら母に向って、

「銀座は暗くてわびしかったわ。私の小さいときからあこがれていた銀座のはなやかさは少しもないの」

するとE母は、

「車も少なくなっていることだし、お星様がたくさん見えてきて、けっこうなことじゃない」

「それはそうね」

確かに、ネオンが輝いているよりも、お星様が輝いているほうがはるかにすばらしい。けれども私は、やはりネオンの美しさにひかれる心を捨てることはできないのです。東北を旅して一週間ぶりに東京のネオンを目にしたとき、なつかしくて涙がにじみそうになりました。私はそのとき、ネオンの輝いていない田舎では、とうてい暮していけそうにもないと思ったのです。それは、私が東京育ちの街の子だからだろうと考えていると、母がいいました。

「あなたはこの間、『塩狩峠』の映画を観て感動して帰ってきたでしょう。主人公の信夫が理想の男性だといっていたわね。もし、ああいう立場のかたと結婚したら、あなたは、お星様はみられてもネオンはみることができないのよ」

私はうなだれてしまいました。足が悪いうえに、結核とカリエスにかかって寝たきりの婚約者、ふじ子が回復するまでの信夫のストイックな生き方に、私は強くひかれました。鉄道員の信夫が札幌から旭川に転勤することになったと、病床のふじ子に告げたとき、彼女は、「私、もう涙なんか涸(か)れていると思ったのに、どうしてこんなに涙がでるのかしら」といって悲しみます。すると、それまで性欲を強い精神力で克服していた彼が、激しく接吻してしまうのです。そのシーンは、私が今まで観たどの映画のラブシーンよりも美しく感じられました。私も、信夫とふじ子のように純粋な愛を育てられる相手が現われてくださったらと思いました。そして、それにはまず、私が信夫のようにストイックな生活をつづけようと決めたのです。しかし、もし、現実に、信夫そっくりの考えをもった男性が信夫と同じように旭川で鉄道員をしていたら、私は彼のもとに飛んでいくでしょうか。大きなビルに勤めていることがうれしく、ネオンの輝きにひかれる私は、北国のじみな鉄道員の妻になりきれそうにもありません。そして、全快したふじ子との結納の日、たまたま乗り込んだ電車が暴走したために、その下敷きとなって乗客全員の命を助けた信夫のような勇気を、もち合わせているとは思えないのです。そんな自分を悲しくやりきれなく思うとき、私は神様にお祈りしたくなるのです。（昭和四九・一）

発泡スチロールと白鳥

丸の内爆発事故が起った時、私はひとり有楽町のビルの中でお弁当を食べていた。ドスンと鈍い唸るような音を耳にして、どこかのビルの建設現場のクレーンが倒れたのではないかと考え、続いて、いつか朝の山手線の窓から東京タワーの真ん中より上が、ぷっつりと折れ曲っているようにみえたことを思い出した。それはよくみると、タワーに接近した建設現場のクレーンだった。その赤と白の縞模様は、東京タワーによく似ていた。倒れる筈がない東京タワーを倒れていると感じたのは、大地震か何かが起る予兆のように思われた。

東京タワーができたのは、私が小学生の時だった。当時の私は、その展望台から東京の景色を眺めてみたいと思う一方、あの赤と白のコントラストは品がない、パリのエッフェル塔と大違いだという文章に感心していた。山手線で有楽町の大叔父の事務所を兼ねた会社へ通い出すと、電車の窓から見え隠れする東京タワーに親しみを感じるようになった。タワーをみながら、逢わなくなって久しい友の顔を思い浮かべることもあるし、日本を離れてひとり遠い所へ行きたいと夢のように考えることもある。長い年月日本を離れていて久しぶりに東京タワーをみたら、涙が溢れてくるだろうと考えているうちに、幼い時から街の子として育ち、ふるさとがないように思っていた私にも、ふるさとはあったのだという気がしてきた。

クレーンと見間違えてからは、タワーがはかなくもろいものに思われてきて一層親しみが増すと共に、車内で空いた席を横取りされたりしても余り腹が立たなくなった。もし、大地震のような天変地異が起れば、皆一緒に死ぬのだと思うと、何か話しかけたくなりさえする。

今朝は電車が満員だったため、東京タワーがみえなかったことを思い出しながら、窓辺にいった。十階の窓からはいくつかのクレーンがみえたが、どれも別に異常があるようには思えなかった。紫色の旗の翻る都庁の向うを、新幹線が滑るように走っていく。そっと窓をあけた途端、生ぬるい空気と共に自動車のブレーキをかける音やクラクションを鳴らす音が入ってきた。急いで窓を締め、席に戻ると、ドアの真上と窓際のふたつの換気口から一度に、冷たい空気が流れてきた。

小学生の頃、冷房した映画館に入った瞬間のヒヤリとした感覚がとても好きだった。昨年六月に初めて勤めることが決まった時、朝から夕方まで冷たい空気の流れているところにいられると思うと興奮した。しかし今は、一日中窓を開け放し、本物の空気を吸っていたいと思う。

昼休み、時間のある日は外に出る。七月の丸の内グランマルシェの数日間、私は毎日仲通りに出た。通りには、赤や黄、色とりどりの風船をくくりつけたワゴンが並び、パンダの大男がオフィスガールに近寄ってお辞儀をしたり、首を傾げて手を叩いてみせたりしていた。

後ろの席のO氏の電話のベルが鳴り出した。受話器から流れてきたのは、O氏の奥様の声だった。

「もしもし、お変りございませんですか?」

「はい、ありがとうございます。Oさんは只今、お友達のYさんと昼食におでかけになっていらっしゃいます」

「実は今、テレビのスイッチをひねりましたら、丸の内のビルが爆破されたというニュースが流れてきまして、なんですか、亡くなった中年男性の身元がまだわからないということで、まさかとは思いましたけれど……」

先程の鈍い音を思い出しながら壁時計を見上げると、もう二時近い。Y氏と連れ立って、丸ビル方面へ散歩に出かけられたのだとしたら……。

「きっと、大丈夫だと思います。お戻りになり次第、御連絡なさいますようお伝えします」

といい終えた時、ドアのガラスにO氏の姿が映った。

有楽町駅前の交通会館で爆発音を聞かれたO氏は、すぐに窓に走って、三菱重工ビルのあたりから白い煙が立ち昇るのをみられたという。若い女の子も亡くなったらしいというO氏の話を聞きながら、昨日丸ビルまで足を伸ばす途中、三菱重工ビルの壁のプレートが、妙に印象的に眼に入ってきたのを思い出した。もし今日、Y氏がO氏を食事に誘いにおみえにならなかったら、私はお弁当を食べたあと外に出たに違いない。しかし、昨日歩いたばかりの仲通りには出かけなかっただろうと思った。

昨日、三菱重工のプレートを見上げたことが、何か今日の出来事を暗示していたように思われ、ぼんやりしてしまった。

事故以来、私は仲通りにいっていない。通りのはずれで沢山の方がガラスの破片で身体を突き刺されたのだと思うと、破片の山が眼の前に散らつき、足を向けられない。

秋風が立ちはじめた今日、昼休みに日比谷公園へ出かけた。噴水の縁に腰かけた何組ものカップルは、肩を寄せ合って水の勢いが強まったり弱まったりするのを眺めていた。ひとりの私は立ったまま眺めていたが、ふと、谷川や滝は好きだけれど噴水は好きになれない、という母の言葉を思い出した。田舎で育った母と違って、私は、噴水の人工的であるがゆえの虚しさが好きなのである。大地震が起れば、噴水は止まるが滝は止まらない。谷川は、美観を損なうことはあっても流れ続けるだろう。

公園を出ると、日比谷濠の排水口近くに数羽の白鳥が浮かんでいるのに気がついた。鯉のたまり場のそこには、よく家鴨たちが集まっていて、人が撒くパン屑やふを、グワーッ、グワーッとしわがれた声で鳴きながら気ぜわしくついばんでいる。白鳥は、それをいつも少し離れたところから首も動かさずに眺めている。私はまだ一度も間近に、お濠の白鳥をみたことがなかった。家鴨との見間違いではと考えながら近づいていくと、まぎれもなくそれは白鳥だった。

三羽の白鳥がピンクの嘴で一斉に突っついて食べているのは、排水口のよどみに浮かんだ発泡スチロールの板だった。いつかうっかりと、あれと同じものを紙屑と一緒に燃やして、毒ガスの黒い煙にむせたのを思い出しながら、私は白鳥から眼を離すことができなかった。

（昭和四九・一二）

大叔父

社からいただいた四日間の夏休みに、母とふたりで、海と山の両方にいった。

休み明けの朝、レモンティーを飲んでいる私に母は、

「どこでも、若い女性の姿が多かったわね」

と話しかけた。

「海や山での出会いを夢みているのではないかしら」

そう答えて、それは私自身のことをいっているのに気づき、あわててしまった。映画や小説と違って、現実にはそういうことはなかなか起らないものだということも、そして、たとえ第一印象がどんなに感じのよい男性でも、精神的なつながりができなければ何にもならないということも、有楽町の大叔父の事務所を兼ねた会社へ勤めるようになって一年余りの間にわかったつもりでいた。

日焼けした腕を意識しながら渋谷駅から朝の山手線に乗った私は、そっと周囲の男性を見渡した。はす向いの席に、若く真面目そうな男性が腰かけているのがわかると、まごついてしまい、上を向くことができなくなった。ハンドバッグから本を取り出してみたが、あの男性はこちらをみているかもしれないと思うと、活字が眼に入ってこない。有楽町駅で降りる時になって初めて私は、その男性がいなくなっているのに気がついた。

お昼過ぎ、会社のおつかいで銀座へ出た。四丁目の交差点で信号の変るのを待ちながら、夏の初めおつかいからの帰り、ここで見知らぬ若い男性から声をかけられたのを思い出した。

「あなたはノーブラですね」

だしぬけにそういわれて、頬が赤らんでくるのを感じた。

「実はわたしは、下着会社のデザインを担当している者です。あなたに是非、下着のモニターになっていただきたいのです。一寸(ちょっと)近くでお茶でも飲んでお話ししましょう。三十分位ならいいでしょう」

なんと答えたらいいのか、わからずにいると、

「信用して下さらないんですか。困ったなあ。丁度、名刺を切らしちゃったものですから。このわたしの身なりで信用してくれませんか」

そういわれて眺めると、確かにきちんとした背広姿であった。一瞬、声をかけられたことが嬉しくなった。

「ええと、あなたの名前と住所を教えて下さい」

といって男性が手帖を開くのをみて、私は急に落着いた気持になり、

「あなたの方から教えて下さい」

男性はしばらく曖昧な言葉を並べたてていたが、結局名前もいわないまま姿を消した。ほっとする一方、毎日のように銀座へおつかいに出ながら、声をかけてくる男性がいないのをつまらなく思っていた私は、物欲しげにみえたのかもしれないと考えた。恋人のいないことがみじめに感じられた。急に気になり出したノーブラの胸元をハンドバッグで押えながらビルに戻ってくると、廊下の曲り角で姿勢のいい男性とぶつかりそうになった。

「おお」

という声に顔を上げると、大叔父だった。大叔父のはれやかな笑顔に、先程までのうっとうしい気持が薄らいでいくのを感じた。

信号が青に変った交差点を歩きながら、私は、今年八十六の大叔父の若々しさは、どこからきているのだろうと考えた。

（昭和四九・一一）

テレビ初体験

四月十一日、日曜日、私はこの日のくるのが待ち遠しくもあり、また、とても怖くもありました。NHK「日曜美術館」のアシスタント司会者として初めて映し出される自分の姿が、果してどんなものか、見当がつかないところがあるのです。

すでに数日前、スタジオで試写をみせていただいたのですが、眼は画面に向けながら、はっきりみられないのでした。それは最初に映し出された私の姿が太ってみえたせいもあります。ふだん、決してやせているほうだとは思っていなかったけれど、もう少しスマートなつもりでいました。

録画前日、デパートで買ったばかりの水色のワイシャツの襟元は、ちょっと窮屈なかんじがして、ああいうのはやはり首の細い女性にしか似合わないのだわ、と考えたり、あの日は雨が降っていて肌寒く、スリップの上にもう一枚下着を着て、その上に綿のワイシャツを着たことが、くやまれたりしました。そうして、肝心の質問の仕方や話し方より、そちらのほうに頭がいってしまっていることに気づいて、恥ずかしくなり、いよいよ落着きを失いました。

放送開始の十一時が近づくと、私は録音をとるためにカセットをセットしました。今日はできる限り客観的に我が身を観察し、質問の仕方を研究しようと思いながら。

しかし、時間が経つにつれて、とてもみたいし、みなくてはいけないのに、なんだか、みたくないような気もします。テレビ出演が決まった時、「あなたの欠点がさらけだされるかもしれないわね」といった母の言葉も、思い出されてきます。

私の欠点、これは自分でもよくわかっているつもりですが、なかなか直りません。ひとりっ子ゆえのわがまま、その反動のように人前で思っていることを素直にいえない……。どうかこれから、そういった欠点は改めていきますから、番組をみてくださった方に不快感を与えるようなことがありませんように、と心の中で祈りました。

前日は結局、午前二時頃まで起きていました。

寝つかれないまま、司会をすることが決まってから、あわただしく過ぎていったこの一ヵ月半のことを思い出していました。二月の半ばを過ぎる頃まで、私はテレビに出ることになると考えたこともなく会社勤めを続けていました。夕方、会社からの帰り、ぼんやりした足取りで渋谷駅から家に向って東急本店の道を歩いていると、NHK放送センターの屋上のアンテナのあかりが点滅しているのがみえてきます。

さえざえとした冬の夕空に点滅するそのあかりは、お星さまのように、いいえ、それ以上に美しく私にはみえました。あんな所にお勤めできたらどんなにいいだろう、あかりを見上げながら、勤めはじめてもうすぐ三年になるのか、と溜息をつくことがありました。

三月二日、月曜日、ひとまず休職することが決まった日、私は事務所の応接間の生花を活けました。これで当分、お花を活けることはなくなるだろうと思うと、指先が震え、チューリップの七輪がうまくまとまりません。そして夕方、ラッシュの地下鉄の中で、私は微かに上まぶたの縁が、ピクッ、ピクッと痙攣するのを覚えました。

会社員だった私は、お昼のお弁当を食べ終えるとすぐ帰れる土曜日の午後のくるのが、とても待ち遠しく思われていました。銀座の会社をでると、会社から真直ぐ歩いて五分のMデパートの入口脇の公衆電話から、決まって家に電話をかけました。

「もしもし」母の用心深そうな声がします。「わたしなの。今日は、どこで待合せをしましょうか?」渋谷駅から歩いて十分のところに住んでいる私たちは、いつも土曜日には、駅近くのどこかで待合せをし、夕食の買物をしながら、ぶらぶらと帰るのです。「国鉄のみどりの窓口の前がいいかしら?」と私がいうと、「Sデパートの入口のベンチのほうがいいわね」

デパートの受付嬢の向いに、母はナイロンの買物袋を膝の上に乗せ、ちょこんと坐って、私のくるのを待っています。お天気のよい日など買物をすませた後、代々木公園を散歩することがありました。

原宿へ通じる公園の散歩道は、両側に樹々の緑がひろがり、幼い子供づれの夫婦や若い男女のカップルが、午後の柔らかい陽ざしの中を、ゆっくりと歩いています。ふと、傍にいるのが男性ではなく母なのが、虚しい気持になる時、私は、右手にそびえるNHKの建物を見上げました。

三月十日、第一回の録画どりの日、小雨の中を、NHKに向いました。NHKの西口玄関まで、家から大急ぎで走れば、三分で着いてしまいます。傘をさしていくのが、まだるっこしい気がしました。

本当だろうか、本当に私がテレビの司会をするのだろうか、信じられない気持のまま、スタジオに入りました。ゲストの臼井吉見先生が、先生の御著書『安曇野（あずみの）』にでてくる彫刻家荻原碌山のことをお話ししてくださいました。

ついに、十一時になりました。ブラウン管にテーマ音楽と共に、「日曜美術館」という文字が映し出されると、「始まるわよ」上ずった声で隣の部屋の母を呼びました。

眼玉が動いて落着きのないこと、質問の仕方がはきはきしていないこと、そしてやはり、少し太って映っているのが気になりました。

（昭和五一・六）

アシスタントの絵

紙切れに女の人の顔を描いていると、母が後から、

「絵が下手になったわね、下品になった」

といった。いたずらがきとはいえ、美しい女の人を描いていたつもりだった。

「同じいたずらがきでも、むかしの絵はもっと生き生きしていたわ」

といわれて、

「格別上手だったわけではないわ、子供の頃は誰でも沢山いい絵をかくんじゃない。大人の絵と子供の絵を一緒に考えてはいけないわ」

私は負け惜しみをいった。

「とにかく、子供の頃のあなたの絵はよかったわ」

母はきっぱりといった。

広告紙とかノートの切れ端にかきなぐった私の二歳半から六歳半までのクレヨン画や鉛筆画を、母は数冊のスクラップ帳にしてくれていた。ごく幼い時は牛だか犬だかわからない動物をかいていたのが、やがてお姫さまをかくようになる。黒い歯をむき出しににっこり笑いながらタバコを吸っている一寸グロテスクなお姫さまがいるかと思えば、真珠の首飾りをつけた

人魚姫が優美に尾をくねらせている。疫痢にかかった四歳の頃の鉛筆画は、線も弱々しい。その絵の眼の小さな男の子は、いかにも病気の子の顔をしていた。

小学校に入ってからの絵も相変らずお姫さまの絵が多いが、お姫さまを複数にしたり、又、王子さまが登場したりするようになった。絵をかきながら、ストーリーも考えていくようになったのである。例えば、綺麗なお姫さまの絵の横に、「いつもはやさしいお姫さまでありました、しかしあの時だけは……」という風にト書を入れている。あの時だけはどうなったのかと書いていないのが物足りないけれど、かえって余韻があるようにも思われる。お姫さまの絵と並行して、家族団欒（だんらん）図も描くようになる。お父さんのいる家庭へのあこがれが、絵となって現われた。絵の父親は全てパイプをふかし、ちょび髭をはやしている。とにかく、絵をかくのが好きだった。国語の時間、遠足の作文を書くと、それだけでは飽き足らず、原稿用紙の隅にリュックサックをしょって歩いている鉛筆画をかき添える。だから、夏休みの絵日記をつけるのがとても楽しみだった。文章を書くことも好きだったのに、いつからか、そちらの方は少しずつ苦痛になりはじめていた。うまく書こうという力みが、書くスピードを鈍らせた。そして作文を面白くしようとしてウソを混ぜて書き、それがほめられるとウソがばれる時のことを思い、自己嫌悪に陥った。絵にはそんな心配がなかった。かきたい形をかき、塗りたい色を塗る。力んだ気持は起らず、当然、画面にはみじんもウソがない。絵の先生の感化だったかもしれないが、小学校高学年になるにつれて私は、絵具をチューブから押し出したままのような厚塗りの水彩画を描くようになった。

或る日私は、白いばらの絵を描いた。子供心にこれはよい出来だと思った。確か図画の時間に提出して、それきりになってしまったその絵のことを、私は長いこと忘れていた。先日、ゴッホの白い野ばらの絵をみて、あっと思った。私の描いた白ばらに似ている。ゴッホのばらは野ばらであり、私は花瓶のばらを描いたという違いはあったが、その色彩、筆使い、秘かにゴッホの野ばらを手本にして描いたように似ている。しかしあの頃の私は、ゴッホの「ひまわり」は知っていても、白ばらの絵があることは知らなかった。自然に描いた絵が、偶然あの名画に似ていたのだ。

NHK教育テレビの新番組、「日曜美術館」のアシスタント司会者となって、四月、五月、六月と回を重ねるうちに、子供の頃の絵のように、力まずに自然にでた質問が一番いいのだとわかってきていたつもりだった。しかし、第八回、芝木好子さんが『火の山にて飛ぶ鳥』で書かれた画家三岸好太郎をお話し下さる日、私はそれをすっかり忘れてしまった。前回、松本清張さんへの質問がよかったとほめられたので、それでは今回も、と力んだのである。ほめられるとすぐいい気になる愚かしさがあなたにはある、と母から注意されていたにもかかわらず、そして、いい気になるまいと思っていたのに、やはりいい気になっていたのだった。

本番に入ってからも、よい質問をしようとあれこれと考え、力みがますますひどくなった結果、芝木さんのお言葉を先取りしたりした。しかし、家でテレビをみていてそれより気になったのは、上眼づかいに芝木さんのお顔を見上げていたことだった。芝木さんがにこやかにお話ししていらっしゃるのに、何と失礼な表情をしているのだろうと思うより先に、傍らの母が立ち上がった。

「まあ、あなたのひとりっ子のきつい厭な面が現われている」

私は泣きそうになった。確かに私の性格にはきついところがある、それがテレビの画面に現われたのだ。その日一日、私は何もする気になれず、母ともなるべく顔を合わせたくなくて、部屋を暗くして寝ていた。

しかし翌日、落着いて考えてみると、実は、顔を下向き加減にしていた方がテレビに可愛く映ると思って、そうしていたところ、下を向きすぎて、つい上眼づかいになってしまったのだと気づいた。心が明るくなった。カメラを意識していたのがいけなかったのだ。自然な発言と自然な表情が、一緒になって現われてくるものだというわかりきったことを、改めて感じた。

「日曜美術館」のアシスタントになってから、

「絵をかくのがお上手なんでしょう?」

と時々、聞かれる。

「今はダメなんですが、子供の頃は絵をかくのが大好きだったし、結構上手でした」

と答えることもあったが、最近は黙っている。

（昭和五一・八）

五木寛之さんへの手紙

五木さん、先だってNHK教育テレビ「若い広場」で、対談なさっているお姿を拝見しました。うつむきがちに静かにお話しなさっているお姿は、七、八年前、『朱鷺(とき)の墓』の執筆中におめにかかった時の印象とは随分違ってみえました。あの時、読者代表として座談会に出席した私は、まだ学生でした。漠然と少し気むずかしい方のように想像していた五木さんが、お逢いしてみると、明るく、いかにもお元気そうなので、あれ、と思いました。お話もよどみなくされるので、これ又びっくり。現実の五木さんは、大変雄弁家でいらっしゃいました。前向きで積極的で典型的な九州男児でいらっしゃるのだな、と感じました。そしてそういう、心に思い描いていた像と違った現実の五木さんも素敵だな、と思いました。私は九州男児にあこがれていましたから。今でもそうです。内向的で口が重く、それだけにしたたかなものを持っているといった東北人より、開放的であけっぴろげにみえる九州人にひかれるのは、私の体に流れている東北の血の色濃さを自覚しているからかもしれません。いつも私は、もっと素直になりたい、幼女のようにあどけなくなりたいと願っています。それには父方の東北の血より、九州の母の血に近づくことだ、と長いこと思っていました。体に東北の血が流れているのを考えまいとつとめていました。そして実際、東京育ちの私には、東京こそふるさとなのです。

それが数年前、『根の国紀行』と題する津軽紀行を読ませていただいて、五木さんの津軽への思いいれに、こそばゆさを感じました。それは取りも直さず、私に津軽の血が流れている証拠でした。『根の国紀行』で、それを改めて認識することができたのです。

津軽を明るいと感じて下さった五木さん、ありがとうございました。私が持っている暗さもまた、明るさにつながるということをわからせていただいた気がします。

『根の国紀行』の中で、五木さんはこう書いていらっしゃいましたね。――私は根のない人間である。九州に生まれ、朝鮮半島で育ち、東京で生活して今は北陸の地方都市に住んでいる。そして絶えず外国をうろつきながら、しばしばナショナルなものへの埋没を夢み、マスコミで働きながら、その破壊を考え、プロレタリアートとプチブル・インテリゲンチャの中間の意識の中でさまよっている。デラシネである自分を感ずれば感ずるほど、私は根を持つ選ばれた種族と、彼らの根の国に惹かれるものを覚えるのだ――。

デラシネである強みが、五木文学を支えていることははっきりしています。ところでデラシネというと、やはりすぐユダヤ人のことを思い浮かべてしまいます。あれだけの迫害を受け、世界各地に散らばりながら強く生き続けるユダヤ民族から幾多の芸術家が輩出しているのは、いつどんなめに遭うかもしれないと、精神が絶えず緊張していることも関係しているのでしょう。流浪の民である最大の強みは、排他的でないということではないでしょうか。五木さんがモスクワを舞台に描かれた『蒼ざめた馬を見よ』、モスクワで起っている出来事が今日本でも同時進行しているという緊迫感が迫ってきます。最近作の『戒厳令の夜』にしても、チリと日本の距離感を取り払ってくれます。「地球はひとつ」ということを極めて自然に教えていただける気がします。五木さんは、日本人意識の少ない珍しい方なんじゃないでしょうか。日本も外国も同じ眼でみていられるように感じます。

先だってテレビで対談していらした五木さんからは、かつておめにかかった時の九州男児の面影は殆ど感じられませんでした。ああ、五木さんはやはりデラシネなのだ、と強く感じました。

そのことをいちばん感じた小説は、四十九年から五十年にかけて朝日新聞に連載された『凍河』でした。横浜の精神病院の若いドクター、ツトム君と〝患者〟の葉子との恋愛小説である『凍河』には、五木さんの他の小説によくみられるような外国もでてこなければ外人もでてこないのが、かえってストレートに五木さんのデラシネを感じさせる気がしました。そして、ツトム君と葉子との出会いは、そうした魂を持った五木さんでなければ絶対描けないものだと思いました。

〈なにかにおびえているみたいだ〉

と、ぼくは感じた。

〈大丈夫だよ、こわがらなくてもいい〉

なんとなく、そんなふうに声をかけてやりたい気分にさせる雰囲気を、彼女は身のまわりに漂わせている。

——中略——

「あんた、だれ？　そこでなにしてるんだ」
ぼくは自分でも思いがけない荒っぽい口調で彼女に言った。心の中ではなにか優しい言葉をかけてやりたいと思っていたのに、どうして反対のことを言ってしまったんだろう。

五木さんは、きっとサン＝テグジュペリの『星の王子さま』をお好きなのに違いないと、この出会いのシーンを読みながら思いました。飛行家として世界各地を飛んでいたサン＝テグジュペリ、彼もまぎれもないデラシネですものね。サハラ砂漠に不時着したとき見上げた星空への想いが結晶したといわれているこのメルヘンの、王子さまと「ぼく」の出会いも唐突です。

「ね……ヒツジの絵をかいて」
「え？」
「ヒツジの絵をかいて……」
ぼくは、びっくりぎょうてんして、とびあがりました。なん度も目をこすりました。あたりを見まわしました。すると、とてもようすのかわったぼっちゃんが、まじめくさって、ぼくをじろじろ見ているのです。

どうして唐突であるか、それはひとつには王子さまがあまりにもけがれのない心の持主だったからでしょう。「ぼく」がそういう相手にひかれていったのは、大人の彼にもそれと同じ部分が残っていたからだと思います。葉子に対するツトム君の気持と似ていると思いました。

現代は愛が不毛であるという言葉がよく使われます。でも、『星の王子さま』が今も多くのひとに読まれていることから考えても、不毛にみえているのはウワベだけで、実際には愛の花を咲かせる心が人々の心の中にちゃんと根づいているという気がして仕方がないのです。五木さん御自身、――現在、どういうわけだか恋愛という行為が成立しにくい時代であることは事実である。いや、恋愛は、今でも無数に起きているだろう。しかし、恋愛がロマンとして成立することが困難なのである。どうあがいても、なかなか魅力のある恋愛小説というやつが書きにくい時代なのだ――と『凍河』のあとがきで書いていらっしゃるにもかかわらず、『凍河』はまぎれもなく現代の凍てついた河岸に咲いた崇高なまでに気高い愛の花です。誰も手折ることはできません。そして、それは小説の世界だけでなく、現実にも咲かせられる花だと信じます。そう信じさせてくれるこの小説には、いま最も求められている救いがあり、宗教とつながっていると思います。

私にはどうしても葉子とツトム君との愛のあり方が、星の王子さまと「ぼく」との関係にオーバーラップして考えられるのです。人間社会でたたかう姿勢を持たぬ葉子を、それこそ全く別世界の星の国からきたような女の子のように捉え、自分の前から消えてしまうことを考えるとおそろしくなるツトム君。でも、ツトム君に精神病院よりもっと素晴しいやすらぎの場所をみいだした葉子は、星の王子さまのように消えはしなかったので、ツトム君は幸せでした。あの消えてしまった星の王子さまから或る種の幸福感を感じるのは、それがメルヘンであり、今夜も部屋の窓から星を見上げれば、「ぼく」と王子さまの語らいが聞えてきそうな気がするからです。でも、『凍河』は、新聞連載を読みながら、なんとしてもハッピーエンドで終ってほしいと願っていました。筋の運びからまず大丈夫と思いながらも、気になりました。どうしてそんなに気になったのかといいますと、こんなことを作者に申し上げるのは気恥ずかしいんですが、葉子と自分がどこかとても似たところがあるように感じられたからです。勿論私は、葉子のように心優しい女性ではありません。自分の意志とはかかわりなく、キスしたいという男性のいうがままになる葉子の素直さにショックを受けました。相手の気持を無視せずに全てを受けいれることこそ、真の優しさのような気がします。最近しきりと思うのですが、娼婦の中にこそ、真のマリヤがいるのではないでしょうか。そうすると、今日まで純潔を通してきた私は、すごく強い可愛げのない女です。でも、それでも、葉子に対して姉妹のような慕わしさを感じてしまうのです。ツトム君と同じように、人間本来あるべき姿を葉子にみたことも原因しているのでしょうか。ツトム君の次の言葉に感動しました。

ぼくはこれまで一度も他人の背負っているものを一緒に持とうなどと考えたことはなかった。自分だけ身軽に、自由に生きていたのだ。戦争はぼくらと遠い所にあった。革命もそうだった。そしてぼくは呑気にオートバイに乗って、自分だけの独りの旅をやっていた子供だったのだ。——中略——ぼくは本当に独りぼっちだったのだ。そんなぼくに、阿里葉子は、手をさしのべてくれた。ぼくはそれを待っていたのだ。ぼくは大きなため息をついて、頭をふった。

五木さん、私にはまだ恋人がいません。ツトム君のような男性を、毎日待っています。気取らなくて、さっぱりしていて、優しくて。ツトム君と葉子のように、そのひととオートバイに相乗りして、どこかへ走っていくのを夢みています。

（昭和五二・一二）

私のティータイム

うなぎ

窓辺の机に向いながら、ふと空を見上げました。青い空に、わたあめのような雲がひとつふたつと流れていくのがみえます。夏の初めに買った肩のところで蝶結(ちょうむす)びにするローンのドレスを着て渋谷の街にでたくなりました。しかし私はこれから、原稿を書かなくてはなりません。夕方近く迄には書き上げられるかしら、その頃まだデパートはやっているかしら、閉店間際食料品を少し値下げして売るのをあてにして夕涼みがてら母とでかけたいと思いました。今日は久しぶりにうなぎを食べたくなりました。昨年の冬、名の通った店で値段もそれほど安くないのを買ったところ、皮がとても固かったので厭気がさしていたのですが、最近デパートに開設したばかりのコーナーで一串三百五十円の一番安いものを買ったところ柔らかくとてもおいしかったので、そこで続けて買うようになりました。

子供の頃から、私はうなぎが好物でした。しかし高いので、母の給料日とかボーナスのでた日などたまにしか食べられませんでした。うなぎのかわりに、うなぎの頭を串刺しにした兜(かぶと)を買ってよく食べました。それを売っているお店は、目黒の権之助坂の中程にありました。権之助坂まで遊びにいくのは、母の会社がお休みの日でした。母は、日曜日も一週間おきにしか休めませんでした。家からバス通りに沿って三十分近く歩いていくと大鳥神社があり、やがて坂にぶつかります。兜を買った後、坂の両側に並んでいるお店をのぞきます。小さな靴屋さんの奥に顔の長い白粉を綺麗に塗った女の人が、いつもぼんやり腰かけていたのが心に残っています。或る日、女の人はいなくて、かわりに若い男の人が腰かけていました。その人も顔が長くて、ああ、あの女の人の息子さんなんだなと思うと、何故か妙にうれしくなったのを覚えています。ところで、兜を売っているうなぎ屋さんには、いなごを黒焼きにしたのも売っていました。一度、母が買ったことがありましたが、気味悪くて食べられませんでした。同じようにその頃デパートで、蜂の巣の缶詰を買ったことがあります。蜂の巣から生きている形そのままの蜂が現われた時、やはりどうしても食べる気にはなりませんでした。食いしん坊の私が、母が買ってくれたものを食べる気にならなかったのは、その二度位です。

うなぎについて、一寸胸の痛む忘れられない記憶がひとつあります。高校二年の時だったでしょうか、母と日本橋のデパートへいきました。その日は、雨が降っていました。ふたり共レインコートを着、傘をぶらさげていました。デパートの中を歩きまわっても別に何も買物をしたわけではなく、ふたり共少し疲れていました。月給日前で、母は殆どお金を持っていませんでした。食堂のショーケースの前で母は、「うなぎを食べようかな」とつぶやきました。久しぶりにうなぎを食べられると思うと、思わず私はにっこりしてしまい、月給日前なのに、という疑問など全く浮かんできませんでした。ところが、食堂の椅子に坐るなり母は、「うなぎは今度にしましょう、おそばでいいでしょう」ママのうそつき、私は心の中で叫びました。「それならいいわ、何も食べたくないわ」同じテーブルに、小学生の女の子とそのお母さんらしい人が腰かけているのを忘れて大きな声を出しました。女の子のお母さんらしい人は、眼を丸くして私をみつめました。

あのとき母は、ショーケースの前で願望をいったのでした。ウソとは違うのです。それを察知できなかったのは、私がわがままだからです。あれ以来、私の方から「今日はママにおごるわ」といっておきながら食堂に入るなり、「そんなこといったかしら」ととぼけるようなことは何度あったかわかりません。そういう私だからこそ、あの時あのように腹が立ったのでしょう。

隣の部屋から母の声がしました。

「テレビ体操の時間がはじまるわよ」

のっそり立ち上がると、既に母は首の運動を始めています。

「長時間じいっと机の前に坐っているのは、体にとてもよくないのよ。あなた、会社に勤めていた頃に比べて運動不足なのは確かでしょう?」

今年の二月末まで、私は銀座の会社に勤めていました。毎朝家から渋谷の駅まで片道十分の道のりを歩き、地下鉄に乗って会社に着くと、すぐ事務所のお掃除をしていました。日中も来客のお茶碗を洗ったり、おつかいで銀行にいったりで結構身体を使っていました。帰りも渋谷の駅を降りてから真直ぐ家に帰る気にはなれず、廻り道をしてNHKの建物の前を通ったり、小料理屋や中華そばの店の立ち並ぶ宇田川の裏通りを通って帰ったりしました。そうして歩いているうちに、会社をでる時に感じていた疲れが薄められていく心地になりました。それが思いもかけず幸運なことにＮＨＫ教育テレビの四月からの新番組、「日曜美術館」の司会アシスタントをさせていただくことが決まり、銀座までの会社通いから今度は、家からゆっくり歩いて五分のＮＨＫへ週数回通うことになったのです。

「運動不足の結果は、今でなくても四十過ぎてからちゃんとでてくるものなのよ。だから若いうちに体をきたえておかなくてはね」

「ママは女学校時代は短距離の選手だったんでしょう？　それなのに、どうしてそんなにお腹がふくれちゃったの？」

母の隣で一緒に体操をしながら、私は肩のあげおろしをするたびに、ゆったり揺れる母のお乳とお腹に眼をやりながらいいました。

「食べすぎなのね。お医者さんからも注意されたわ」

「そうよ。ママは六十過ぎているのに、おかずでも何でも私と同じくらい食べるもの。これじゃ、長生きできないわよ」

そういって、一寸あわてて運動の手を休めてしまいました。どうか百までも長生きしてもらいたいと思う一方では、母が今死んだらどうだろう、どんなことが起るかしら、と空想して楽しむ心を持ち続けていることに気づいたからです。

「八十過ぎて長生きしていらっしゃる方にも、お腹がでている方はいられるわ。大丈夫よ、ママ」

母は無心な表情でテレビに合わせて、上体を大きくまわしはじめました。私の心の動きを全て見通した上で、それが少しも気にならないのかもしれないと思うと、母がとても頼もしく思えてきました。私がいきおいこんで上体をまわし始めると、手と手がふれ合いました。

「もっと離れなさい」

母が大きな声を出しました。


「どう、書けた?」

背後から母の声がしました。原稿用紙の隅に、女の人の顔のいたずら書きをしていた私は、あわてて原稿用紙を伏せ、「ええ、まあ」と言葉を濁しました。

「もう五時よ。おつかいにいくのなら、いそがなくては」

「そうね。うなぎが売り切れると困るし」


(昭和五一・一〇)

代々木の森

八時過ぎ、「日曜美術館」の録画撮りを終えてNHKの西口玄関をでると、ちいさい雨が降っていました。長袖のTシャツを着ていましたが、それでもなお肌寒く感じられ、傘をさしている右腕をさすりながら歩きました。

つい先週の日曜日、強い日ざしの中を母とふたりで代々木の森をひとまわりしたのが遠い日のように思われます。あの日は、母とふたりの久しぶりの散歩でした。母は日傘をさし、私はつば広の帽子をかぶって家をでました。日ざしは強いけれど風が吹いていて、私は両手で帽子のつばの先を押さえながら歩きだしました。気温は三十度を超えていても、風はどこか秋の気配を忍ばせているように感じられました。

大地震が起ったら、私たちは代々木公園に避難することになっています。一緒に逃げられなかった時、公園のどこで落ち合うか決めておこう、と母はいっていました。母の提案する第一候補の野鳥誘致園を見に行くため家を出たのでした。

NHKの西口前を通りすぎて代々木公園南門から入りました。樹々の緑を横眼に、ゆるやかな勾配を昇っていくと、四百メートルトラックの向うに高くそびえるNHKが再び姿を現わしました。陽の光が反射してきらきらと光ってみえるガラス窓を見上げながら、ひとりごとのように、

「長いこと十三階建てかと思っていたら、そうではなかったみたい」

というと、

「あら、週に何回かNHKにいきながら、はっきり知らないの?」

母がおかしそうにいいました。いつも十三階止りのエレベーターしか利用しないとはいえ、確かにうかつだったと思いました。十三階には代々木公園を眼下に見下ろせる喫茶室がありま

す。「日曜美術館」の第一回の録画撮りを数日後に控えた三月のまだ日も浅い日、チーフプロデューサーの吉川さんに初めてつれていっていただきました。生まれて初めてテレビの司会をさせていただくことに夢見心地だった私は、あまりによい見晴らしに、そこを最上階のように錯覚してしまったのです。

「二十三階建てよ」

母は自信ありげに答えました。

「どうしてすぐわかるの？」

一寸むっつりして聞くと、

「かぞえたわけではないのよ。レジャーガイドにでていたの」

慰め顔にいいました。

サッカー場に沿って、NHKホールの横にでました。九月にここでイタリアオペラの公演があります。先日、お母さんといってらっしゃいと切符を二枚いただきました。曲目は、マスカーニ作曲「カヴァレリア・ルスティカーナ」とレオンカヴァルロ作曲「道化師」です。私はまだ一度もオペラをみたことがありません。イタリア語はわかりませんが、ふたりで出かけるのがとても楽しみです。「日曜美術館」が始まってから四ヵ月余り、心のゆとりもなく母とは映画も観にいっていませんでした。

広い道路を横切って小道に入りました。子供プールは、幼稚園や小学校低学年位の子供たちで一杯でした。お父さんに手を引っ張ってもらって泳ぎ方を習っている男の子もいます。去年の夏、私はどうしても泳げるようになりたくなり、初心者のための水泳教室に通いました。あの小さな男の子のように、私も男子大学生のコーチから手を引っ張ってもらったのです。初日の日すでに浮いた人が多い中で、私は二回三回と回を重ねても身体がなかなか浮きませんでした。人間である以上、浮かない筈はないと思い、会社の帰り、どんなに疲れていても代々木体育館の水泳場に足を運びました。一度浮いてしまえば、クロールの恰好をつけて泳げるようになるのに、それほど時間がかかりませんでした。

来年の夏は平泳ぎを泳げるようになりたいと思っていたのに、一度も泳ぎにゆくことはありませんでした。プールの子供たちをみていると、急に泳ぎたくなりました。すぐに水着を取りに家に引き返そうかと思い、いや、大地震の際母と落ち合う場所を探している最中なのだと思い直しました。

プールの反対側では、コンクリートのトラックをプールの子供たちよりもう少し大きい男の子たちが、子供自動車に乗ってぐるぐるとまわっていました。

「近江の家にも、これと似た電気自動車があったのよ。ウーウーと音をたてて走るのよ。今から五十年も前のお話」

と母はいってしばらく黙っていましたが、やがて歩きだすと、

「目黒に住んでいた頃、自由が丘のマーケットの屋上のローラースケート場へいったわね」

あれは確か小学校四年か五年の時でした。自由が丘へ買物にいった帰り、ローラースケートをやってみようと母がいいだしたのです。初めてスケート靴をはいた私は、手すりにしがみつきながらよちよちと、かろうじてスケート場を一巡したのです。

「あの時ママは、手すりにつかまって立ち上がると、すうっ、すうっと滑っていったわ。私は手を離した途端、ひっくり返って脳しんとうを起しそうな気がして、怖くて手を離せなかったの」

あれが私のローラースケートをした最初で最後でした。母はあの頃、背も私より高かったのです。今は六十三、もうローラースケートは無理でしょう。私は歩く速度をゆるめ母の後にまわりました。小柄な割に広い肩幅に、かつての運動選手の面影はのこっていますが、ゆっくりした歩き方は年を感じさせます。しかし母は、夏は暑いひざかりを歩くのが好きだし、冬は思いきり寒風が吹きつけるなかを歩くのが好きなのです。母と私は、体育館に沿って石畳の上を原宿に向って歩きました。下の道路を、車が走っています。渋谷の公会堂が後方に小さくみえます。「あら、あんなところに人が立っている」母は向いのビルの屋上を指さしました。確かに男の人が屋上の柵の前に立って空を見上げています。「危いわ」母がつぶやきます。

「大丈夫よ」私は、確信ありげにいいました。会社員だった頃、時々ひとりで、ふらりと仕事の合間に人影のないビルの九階の屋上にでて、屋上の端から端をゆっくり歩きまわりながら、何故だかはっきりわからない虚しさに浸ることがありました。そのひとときが楽しみでもあったのですが、もし隣のビルの人が私をみつけたら、飛びおりる気ではないかと心配したかもしれません。「日曜美術館」の仕事をはじめてからは毎日が充実していて、そういう虚しさを忘れてしまっていました。

石畳をおりて、原宿駅にさしかかると、いつも「日曜美術館」で司会を親切に教えて下さるNHKの河路アナウンサーは、毎日、原宿駅から乗降しているとおっしゃっていたことを思い出しました。NHKまで歩いていかれる姿を想像して、ふと、もう高校生だというお嬢さんとふたりで歩かれることはおありなのかしら、と考えました。帰りは原宿門から野鳥誘致園の前を歩いたのですが、大地震の際落ち合う場所は結局決まりませんでした。

「大地震は明日にも起るかもしれない、でも、あなたの結婚相手の頼もしい男性が現われて下さることを祈らずにはいられないの」

と次の日、母はいいました。

（昭和五一・一一）

去年の朝顔

数年前から時折り、思い浮かべていた光景が最近しきりと浮かんでくるようになりました。それは母親になった私が、赤ちゃんを抱っこしている姿です。赤ちゃんをみつめてにっこりしたり、或いは、ほおずりしたりしながら歩いているのです。ひとりで机に向っている時、掃除している時、その光景が不意に浮かんできます。

また、朝起きて、押入れに枕を片づける時、枕を赤ちゃんのようにして、そっと抱きしめることがあります。

結婚のお相手があらわれて下さらないまま、二十八になりました。もうお相手は永久にあらわれて下さらないと思う一方、もっと強く、必ずあらわれて下さると信じています。

それに私は何より日一日と、赤ちゃんが好きになってきているのです——。電車に乗ると、赤ちゃんを抱いた若いお母さんのそばにゆきます。赤ちゃんの澄んだ眼にみつめられると、涙ぐんでしまいます。どうしてこんなに汚れのない、きれいな眼をしているのかしら。無邪気でありたいと祈りながら、それができないでいる私は、赤ちゃんのちいさい、やわらかい掌に、そっと触れさせてもらいます。

二十五歳はお肌の曲り角、というコマーシャルがとても気になった三、四年前までは、道で乳母車をひいた若いお母さんに出会うと、眼を外していました。このお母さんより私の方が年上なのに、まだ結婚できないでいることに、ひけめを感じていたのです。また、私に優しく、親切にして下さる男の方は皆結婚していらっしゃることが、とても悲しかったのです。その私が、若いお母さんと赤ちゃんを見ると、うれしくなる今の私に、母は、

「ねたみごころがなおったのね。よかったわね。その調子を忘れないでね」

とはげましてくれます。

街を歩いている時は、赤ちゃんを抱いた光景が浮かんでくることはありません。その代り、

ショーウィンドーのガラスに自分がうつると反射的に、子供にかえりたいと思うのです。まだまだ無邪気だった幼女時代に——。すると、毎日のように葉山の一色海岸で同じ年の従兄弟の滋ちゃんと遊んでいた幼女時代の顔になります。その顔は、どういうわけか、いつも少し寂しそうです。それは、二十代後半になった私が見ている幼女の顔だからです。成熟した女性であるのに、そうとは思いたくないという気持が、いつも心のどこかにあるのです。結婚のお相手が目の前にあらわれて下さるまでは、少女と同じでいたいのです。

四月から「日曜美術館」の司会のアシスタントをさせていただくようになってから、私は、少し心がけがよくなりました。いつも仕事のことを思っていますから、恋人のいない侘しさ、空白、そして私はもう成熟した女性だという重ったるい気持を、前ほどに感じなくなりました。会社にいた頃は、お使いで銀座を歩いている時、夕方の渋谷の駅から家にかえる雑踏を歩いている時、

「ああ、寂しい」

と思わず大声をだしたい気持に、よくかられました。すれちがう男性に声をかけてもらえたら、友達になれたら、と思いながら、そのくせ、たまに声をかけられると、きっと前方をみつめて早足で歩きました。怖かったのです。けれども、そのあとで一層つのる寂しさ、なんて冷たい女だと思わせたのではないかしら、と悲しくなりました。夕食後、母にそのことをいうと、

「六十三になっても、わからないのよ。慈悲深い観音さまは、どうお答えになるでしょう」

と考えこみました。

最近は、全く声をかけられません。夕方、一人で雑踏を歩くことが滅多になくなったこともありますが、歩き方が速くなったことが最大の原因のように思われます。たまたま、渋谷の歓楽街を夕方歩くことがありますが、母と二人で歩くので、声をかけられることはありません。

学生時代から今日まで、好意を持ち合った方も何人かあります。その独身男性のことを思って涙ぐんだこともあります。しかし私は、その方の前で、いつも「おねこちゃん」を通していました。私は、自分のみにくいところ、おかしいところ、はずかしいところ、すべてをさらけだして、ついてゆける唯一人の方を待っているのです。街で声をかける男性の中には、そういう男性がいないような気がして、段々いろいろのことがわかってきました。それなのに、一方では、何時、何処で、どんな出会いが生まれるかも知れないという期待を、いつも持っているのです。

サン＝テグジュペリの『星の王子さま』の中に、

「仲のよいあいてができると、ひとは、なにかしら泣きたくなるのかもしれません」

という一節をみつけて、うれしくなりました。小学生時代には、読み落していたところです。グリムの『ラプンツェル』のお話を読んで、魔法つかいのおばあさんに、高い塔におしこめられた女の子が、自分の長い髪の毛を地面に垂らして、りりしい王子さまを招き入れるシーンがあります。先日、ここのところを読んで、うっとりしました。つぎつぎに童話を読んでいくうちに、童話は大人のためにあるような気がしてきました。『小公女』では、お父さんが死んで学費が払えなくなったため、寄宿舎の屋根裏部屋に住まわされたセーラの許に、突然、家具やクッションなど素敵なプレゼントがとどきます。それは病いの重いお隣の老紳士からのプレゼントでした。私にも、そういう思いもかけないことが起るといいなあ、と思いました。今の私の場合は、突然、結婚のお相手があらわれて下さるということです。結婚費用のない現在の私の生活から出発できる結婚——。

会社に通っていた頃は、毎朝母が、マンションの二階から、顔をのぞかせて見送ってくれました。舗道から見あげる母の顔は私が近眼のせいか、ぼやけて、少し泣いているように見えました。これから母とふたりでどうなってゆくのかしら、と考えると、泣きたくなってきて、私は母に気づかなかったように、まぶしい朝日に向って駆けだすことがよくありました。

Tデパート本店前の十字路を横切ると、青空駐車場があります。そこの垣根に朝顔が植わっています。昨年は十月半ば過ぎまで、咲きつづけていました。いつまで咲いているのだろう、と毎朝その朝顔が気になっていました。反対方向のNHKにゆくようになってからは、当然、その前を通ることはなくなりました。秋の気配を感じるようになってから、急にあの花のことが気になり、一度見にゆかなくては、と考えていました。お使いのゆきかえり、渋谷の街を東西南北、代々木の森を歩きまわっているという母に、駐車場の朝顔のことをたずねると、

「ええ、まだ咲いていてよ。五つくらい」

と、なんの屈託もない声で答えました。そして、さらに大きい声で、

「放送出版ビルの宝くじの売場から、坂を少しあがった右側に、とてもきれいな朝顔が咲いているのよ。駐車場のは、濃い紫でしょ。NHKの向いの家のは、目のさめるような赤なのよ。まだ、たくさん咲いているの。少女のように、元気なのよ」

と教えてくれました。

（昭和五一・一二）

「白のにおいあらせいとう」

先日、シャガール展をみてきました。「日曜美術館」の美術ジャーナルのコーナーで取り上げることになったからです。

ひとや馬が一緒になって踊ったり、楽器を奏でたり、空中に舞い上がったりしています。また、男のひとのような感じの牛や馬が、女のひとの傍らに寄り添っている絵もありました。

そのうち私は、花婿と花嫁の描かれた絵が多いのに気がつきました。空中に舞い上がったり、ぴったり寄り添って一本の木の枝のようになっているふたりの前には、赤い花束が置かれていました。

そういう絵の中で、「白のにおいあらせいとう」という絵は一寸変っていました。ブルーをバックに、ウェディングドレスの花嫁と、においあらせいとうの花が、ほんのりと浮かび上がって

います。その白い花蔭には町の家並が横に長くみえ、右隅には天使のような女の人が燭台を持って立っているのです。花嫁は正面をむき、横顔をみせた花婿がそっと花嫁の肩を抱いています。そこには、赤い花束を前にした花婿、花嫁の絵のような湧き上がる歓喜のかわりに、もっと静かな深い落着きがあります。こういう結婚ができたらと思いながら、その絵の前で長い時間をすごしました。私の隣で、二十二、三の女の子が、じっとこの絵をみていました。

若い男女のカップルがとても多い会場でした。彼らは、赤い花束の花婿、花嫁の絵を、肩を寄せ合いながらうっとりと見上げていました。

美術ジャーナルでは、「白のにおいあらせいとう」は取り上げませんでしたが、空中を舞っている花婿、花嫁の絵は、いくつか取り上げました。

「シャガールはユダヤ人なのです。ユダヤ教は、結婚をとても大切に考えています。愛はまずいいものから入っていく、いいものの中ではぐくまれた愛こそ至上なのだ、という考え方なのです」

ゲストの先生のそのお話が、心に深くのこりました。

二十歳の頃から私は、結婚したい、結婚したい、と思っていました。

「わたしは、結婚したいとは思わないわ」

ある女の子は私にいいました。

「どうして？　ずっとひとりでいたら、心細いでしょう？」

「あら、それは結婚したって同じことだと思うわ。人間は所詮孤独なのよ。わたしは一生独身でいたって構わない」

そういっていた彼女は、もうとっくに結婚しました。今は、お母さんになっていることでしょう。私は相変らず独身です。

最近、結婚したいと口にするのはやめにしようかなと思っています。「日曜美術館」の司会アシスタントを、一生懸命務めるのが先決です。一本の番組が完成するまで、どれほど大変か、私は考えたこともありませんでした。真剣に仕事に立ち向っていらっしゃるお姿をまのあたりにするうち、お相手も現われて下さらないうちから、結婚、結婚といい続けていることは、ふわついているように思われてきたのです。仕事らしい仕事もしないで、タナからボタモチ式に結婚を考えていた私。それではいつまでたっても、お相手が現われて下さる筈がなかった、とわかってきました。

とはいっても、結婚を待つ気持に変りはありません。初対面の男の方に逢った時、「この方、結婚していらっしゃるかしら」と、まず考えてしまうのも今迄通りです。それは私より少し若い感じの方から、中年の方まで幅広いのです。お話をしながら、その方が結婚していらっしゃるかどうか、どのようにおききしようかしら、と考えをめぐらします。ふと会話が跡切（とぎ）れた時、その方がまだ若い男性であれば、

「朝食は毎朝、召し上がりますか？」

と尋ねます。

「いや、ひとり暮しなものですから、食べたり食べなかったり、それもパンとミルクぐらいです」

という答えが返ってくると、

「まあ、そうですか」

といいながら、思わずにっこりしてしまいます。

ところで、私は男の方の年齢が一寸わからないのです。二十代と思っていた方が、実際には四十代半ばということがしばしばあります。さて、その年齢不詳の落着いた男性と向い合っている時です。ネクタイの趣味もよく、また、ノーネクタイの場合はワイシャツが清潔な感じがして、「きっと、この方は結婚していらっしゃるのだわ」と思いながら、一方では「まだおひとりかしら」と思ったりします。そういう時は、

「お子さん、いらっしゃるのですか?」

とお尋ねするのです。

「ええ、いるんですよ」

そうすると私は、とても悲しくなってしまうのです。はじめて逢ったこの方とは決して結婚できないという思いが、私を涙ぐませます。そういう現象が起ったのは、二十四歳を過ぎてからでした。二十四歳は女の適齢期ぎりぎりだといわれ、私はあせっていました。恋愛にはあこがれていても、恋愛結婚はできないように思われて、お見合いにあこがれていました。

「治子ちゃん、恋人はいないの?」

と、まわりの方からきかれると、

「はい。私、お見合いをしたいのです。よろしくお願いします」

と答えていました。そして紹介していただいたのですが、いいたいことをいっていられる気ままな母との生活から、新しい生活へと切り換えることができませんでした。結婚していらっしゃるとわかった男の方の前で思わず涙ぐんでしまったりしたのは、その頃でした。最近は涙ぐむことはなくなったかわりに、「ああ、やっぱり」というあきらめのような微笑が浮かびます。

今迄、お仕事でのおつきあいもどういうわけか、結婚していらっしゃる方との場合が多く、また、結婚していらっしゃる男の方の方が安心感があります。そのうち、その方の奥さまやお子さまとも仲よくさせていただきたいと思い、そういうおつきあいの中から私の未来のダンナさまも現われて下さるのではないかと思うからです。独身男性とのおつきあいの場合は、どうしても一対一のおつきあいになってしまい、ぎごちなくなってしまいます。妻子ある方との場合にも、沈黙のひとときがありますが、その時すぐ、「あ、この方には奥さまがいらっしゃる」と思うことがブレーキになります。

父親がいなかったからでしょうか、私は子供の頃から、ずっと年上の男性にひかれることが多かったのです。年上の男性の落着いた雰囲気に、私は自然に甘えてしまいます。しかしその落着きは、夫として父親としての責任感からでているのだと考えると、私も早く結婚したいと思うのです。

「結婚は、そんなにいいものじゃありませんよ」

とおっしゃる男の方がいます。でも、そうおっしゃる方が結婚していらっしゃることが、私は切ないのです。

（昭和五二・二）

チーズケーキ

渋谷の松濤（しょうとう）通りに、新しい洋菓子屋さんができました。聞きなれない、英語ではない名前なので、一体何処のお菓子かしら、と考えていました。一度中に入って、お菓子を買ってみたいと思いながら、なかなかチャンスがありませんでした。母は最近、お腹がこれ以上出てこないために甘いものを慎んでいます。そこはショーケースが店の奥まったところにあり、自動ドアの入口にはちょっと入りにくい改まった雰囲気がありました。

先日久しぶりにわが家に、お客さまがお見えになることになりました。その方は学問がお好きでいらして、私は色々のことを教えていただけるのが楽しみでした。その方はコーヒーがお好きなのですが、家ではコーヒーをいれません。甘いものには余り興味がないと話されたことがあるので、いつもその方がお見えになる時はチーズケーキをお勧めしていました。新しくできたお店に、きっとおいしいチーズケーキがあるに違いないと思いました。

中に入ってみると、奥はティールームになっていて、女の子が数人、鏡の方に寄りかかってお茶を飲んでいました。

「何になさいますか？」

「チーズケーキをお願いします」

「クリームの方ですか、それとも固い方がよろしいですか」

「クリームの方をお願いします」

と私はいいました。

チーズケーキのことを初めて知ったのは、吉行淳之介さんの『星と月は天の穴』という小説の冒頭に出てきたからでした。独身に戻ってまもない中年男性の主人公が、予約しておいたチーズケーキを受け取りに洋菓子店にいって、大学時代の友人と逢います。その紳士は、子供の誕生日のケーキを買いにきたのでした。チーズケーキを買おうとした友人が予約制であると断られるのをみて、主人公は自分のケーキを半分プレゼントすることにします。

「もっとも、この菓子は酸味が強くて、子供向きとはいえないが」

という主人公に、

「子供向き？　娘だが、子供じゃないよ、十七歳だ」

と友人は答えます。

この小説を読んだ時、ちょうど十七歳だった私は、大人向きの甘くないチーズケーキとはどんなものかしらと、とても興味を持ちました。その頃の私は、生クリームの一杯入ったショートケーキやシュークリームが大好きでした。でも、ショートケーキはたびたび買えないので、そのかわり学校の帰りに必ず毎日、大福とかお団子を買っていました。カギっ子の私は、ひとりぼっちの部屋で毎日最低三個は頬張っていましたので、その頃は体重が今より五キロも多かったのです。

高三のとき引越してきた永福町の駅前の菓子店には、チーズケーキはありませんでした。そうこうするうち私は、チーズケーキのことを忘れかけていました。

駅の向う側に新しい洋菓子屋さんができたのは、大学をでてまもなくのことでした。そこの御主人はスイスで修業してきたということで、ショーケースに並べられたケーキはどれも小さく愛らしく、変ったことには、そのどれもに花の名前が付けられているのでした。アップルパイに、「ハボタン」と付けられているのを見て、それを買うことにしました。私は小さい時から、ハボタンと呼ばれていたものですから……。その呼び名は母が付けたものです。花野菜のハボタンから取ったのではなく、ハルコ坊主が短くなったのでした。私は小さい赤ちゃんの頃、頭も坊ちゃん刈りにして男の子のようだったのです。今でも時々アルバムを取り出してきては、赤ちゃんの頃の写真に見いり、

「まあ、私って本当に男の子のようだったのね」

と母にいっては、何故か喜んでいます。また、その一方でお正月が近づき、ハボタンが花屋さんの店先に並んでいるのを見ると、大層親しみを感じていました。

チューリップとか、パンジーといった名前のケーキを見ているうちに、不意に私は忘れていたチーズケーキのことを思い出したのです。上面がふわふわした卵白に覆われ、真ん中に黄味のババロアのようなものがサンドされた見なれぬケーキを、

「これがチーズケーキですか？」

と指さしたところ、

「いいえ、違います。これはレモンケーキです」

という答えが返ってきました。

それから数年経って二十五の初夏、渋谷の神山町に引越してきました。渋谷のふたつのデパート迄、駆け足すれば五分の近さの所です。食品売場には何軒もの高級菓子店が並んでいます。その中に、チーズケーキのとてもおいしいと評判の店がありました。早速私は買ってみました。上面に黄色い皮がついていて、クリーム状の中は白いのです。口に入れると、とろりと溶けてしまいそうでした。『星と月は天の穴』のチーズケーキはこれだな、と思いました。

一度チーズケーキの味を知った私は、これよりもおいしいものはないだろうと思う一方で、他のお店でも買うようになったのです。あるお店のものには、レーズンが入っていました。やがて私は、チーズケーキにはクリーム状のものと、そうではない固いものと二通りあることに気づきました。

有楽町のビルに通勤するようになってからは、銀座の洋菓子店でもチーズケーキを買いまし

た。しかし、最初に味わった渋谷のチーズケーキの方が、いつの場合もおいしく感じられたのです。会社のSさんもチーズケーキがお好きときいて、渋谷のお店のを試食していただきました。しかしSさんには、銀座のお店の固いチーズケーキの方がお口に合っているようでした。そのときSさんは、赤坂にとてもおいしいチョコレートケーキを売っているお店があることを教えて下さいました。

「そのお店のチョコレートケーキは、とろけるように柔らかくて、中にくるみが入っているのよ」

どんなケーキだろうと想像していると、思いもかけずその赤坂のお店が、渋谷のデパートに店を出していることに気がつきました。しかしそこは切り売りをしていないので、なかなか買えませんでした。昨年の三月末、NHKの「日曜美術館」のお仕事のため会社を休職することが決まった時、私はその角型の大きいチョコレートケーキを持って会社へ御挨拶にいきました。

松濤通りの新しいお店で、チーズケーキの他に、ホワイトチョコレートケーキを買いました。

「スイスのホワイトチョコレートの味がします」

と、お店の女性が説明してくれました。

お客さまがいらっしゃって、どちらをお出ししようかと迷った後、お客さまにはチーズケーキ、私はホワイトチョコレートケーキと決めました。初めて味わったそれはとてもおいしく、今度そのお店でチーズケーキを買うのがとても楽しみになりました。

（昭和五二・二）

春の日の夢

「僕はあなたを、ずっと前から好きでした。気づかなかったのですか?」

と、そのひとはいいました。心の中で、ああ、やはりそうだったのだわ、と思いながらうつむいていた私は、いつのまにか彼の厚い胸に寄り添っていました。やっと結婚できるのだと思うと、自然に泣けてきました。


眼をさますと、本当に涙が頰を伝わっていました。窓のカーテンの隙間(すきま)から朝日がさしこんでいます。


「夢だったのね」

と、ふとんの中でつぶやくと、

「今、何かいった?」

と台所から母の声がしました。

「いいえ、別に」

と答えながら、ところで夢の中で私にプロポーズして下さった男性はどなただったのかしら、と考えました。夢の中で私は胸のあたりばかりみつめていたので、顔は思い出せないのです。

ふと、つい数日前おめにかかったばかりのAさんのお顔が浮かんできました。あの方の着ていらした背広と夢の中の男性の背広と似ていたように思われました。でも、Aさんには奥さまがいらっしゃいます。私にプロポーズなさるなんてとても考えられません。Bさんは御親切な方、でも独身主義と考えて、Cさんのお顔がはっきりと浮かんできました。Cさんは、とても男らしい豪快な感じの方です。今年おめにかかったばかりで、おめにかかった回数も少ないけれど、なつかしいなという思いが湧いてくるのが不思議です。でも私よりずっと年上で、むずかしいお仕事をしていらっしゃるCさんの眼には、精神が不確かな私は子供のように映っているのではないかしら、私に女性を感じていられないかもしれないのです。Dさんのお顔が浮かんできました。Dさんは私と同い年位だし、明るい真面目な雰囲気の方です。あの方は、私が文章を書いていることをどう思っていられるかしら。結婚相手としては、それは一寸困る、と考えていらっしゃるかもしれません。

Cさんも Dさんも仕事を通じての知り合いで、仕事を離れてお逢いしたことがありません。そういえば、ここ一、二年、私は男性と純然としたデートを楽しんだことがないのでした。やはり今年知り合いになった年下のEさんにしたってそうです。向い合ってお食事したのも、仕事の打合わせを兼ねてのことでした。まだ大学生のようなEさんと向い合っていると、私も学生時代に戻ったような心地になります。それがうれしいのです。

ところで、私はついに二十九になってしまいました。やれやれ、困ったことになったという気持です。二十九という現実をしっかりみつめて進んでいかねばと思う一方、その現実から逃れたい、それを忘れていたい、という気持がつよいのです。

私は本当に二十九になってしまったのだろうか、と信じられない気持です。勉強らしい勉強をしてこなかったことが悔やまれます。でも去年の四月から「日曜美術館」の司会アシスタントを務めさせていただくようになってからは、いくらか人間がましになったように思っています。テレビの司会のお仕事は、自分の欠点も何もかもでてしまいます。お猫ちゃんは効かないのです。私はそれまで日常生活では、お猫ちゃんが得意でしたから、それが効かないということにうろたえました。例えば、私がスタジオでおすましてお猫ちゃん笑いをしたところがブラウン管に映しだされると、その笑いはいかにもわざとらしい厭味なものとして感じられるのです。

「日曜美術館」は大体が金曜録画です。翌々日の日曜日は、どこにもいかず朝十一時からの本放送と夜八時からの再放送を観ているのですが、録画の時は全く気づかなかったミスに気づくことがしばしばあります。それはミスというより、私の性格の愚かしさのあらわれといった方が正しい気がします。あれは、ウィーンのアールヌーボーの画家、クリムトを彫刻家の飯田善国さんがお話し下さった回でした。その前の週の時、私は暗い表情をしていたように思われ、よし今回は明るい可愛い表情でいこうといきごんでいました。そして、カメラに向って河路アナウンサーと一緒に御挨拶する時、にこにこしていたのです。番組が終った後、今日はうまくいったと意気揚々と家に帰りました。偶然、河路アナウンサーとお揃いのようなグレーの色合いのブレザーだったこともうれしかったのです。

「今日はとてもよかったの。先生のお話も、クリムトの絵もよかった。私もずっとにっこりしていたのよ」

母にそう報告しました。

さて当日、河路アナウンサーと一緒に挨拶している自分の顔をみて、私は仰天しました。眼玉がくるくると動いているのです。まるで、ぜんまい仕掛けで眼玉が動いているみみずく人形のように……。

「一体これはどうしたの？　頭がおかしいとしか思われないわ」

一緒にみていた母が傍らからいいました。

「こんな筈ではなかったのだけれど」と私がつぶやいている間も、画面の眼玉は動き続けています。今迄にも眼玉が動いていたことがありましたが、こんな早い速度で、しかも長時間動くのは初めてでした。スタジオの何かに気をとられていたという記憶はありません。ライトがまぶしかったということは考えられます。しかしそれは、今回だけではありません。いつでもそうなのです。私はふだんでも、ひとと話す時、あのように眼玉を動かすのだろうか。そうだとしたら母のいうように確かに頭が狂っていると考えて、いや待てよ、これは、にこにことといい顔をしようとして、意識しすぎたせいだとわかりました。確かに眼玉さえ動いていなければ、他の表情はわるくないのです。しかし、このようにくるくる動いていては、何もかもぶちこわしです。テレビをみていらした沢山の方に不快感を与えただろうと思うと、泣きたくなりました。

「でも、このあいだのように、おこったようなきつい顔をしていた時よりは不快感は少ないでしょう?」

私は、「それもそうね」という母の返事を期待してききました。慰めてもらいたかったのです。

「今回の方がわるいいんじゃないかしら」

と母はきっぱりというと、続いて、

「これまで、あなたにとてもいいお気持をお持ちだった方も、あのくるくると動く眼玉をみて愛想を尽かされたと思うわ」

「何も、そこまでいうことないでしょう」

私は泣きだしました。Aさん、Bさん、Cさん、Dさん、Eさんたちのお顔が次々と浮かんでは消えました。これからお付き合いしていただきたい方たちばかりです。

「もう私は駄目ね。誰にも好かれない女の子なのよ。一生結婚できないわ」

と、しゃくり上げながらいうと、母は、

「これから心がけがよくなれば、きっと結婚のお相手も現われて下さるわよ」


(昭和五二・三)

春のおとずれ

昨日は、お正月からずっと続いていた寒さが一服し、暖かい南風が吹き込んできた一日でした。原宿の図書館へ借りていた本を返しにいった帰りに、代々木公園を歩きました。公園の中に入るのは、久しぶりでした。昨年末から一月半ばまで家探しをしていて、心落着かぬ日々を過していたのです。

ＮＨＫの「日曜美術館」のお仕事をさせていただくことになった際、勤めていた会社は一年休職ということになり、社宅のマンションにもそのまま住んでいました。ところが二ヵ月早く十二月一杯で休職期間が切れることになり、早速家探しを始めたのです。ＮＨＫから遠くなく静かなところで、日当りがよく、安くてしかも新しいマンション、そんな住まいを探していたのですが、みつかりません。しかしあきらめは禁物と、新年は三日から北風の中を探し歩いたのでした。大叔父にも相談しました。結局、今いる所をそのまま借りることになりました。

公園の中は穏やかで暖かく、太陽の光できらきらと輝いてみえました。歩道を挟んで、右手には常緑樹が、左手には裸木が連なってみえます。常緑樹の下では、お母さんと小さな坊やがお弁当を拡げていました。上半身裸の坊やは、おにぎりを手にしたまま、よちよちと歩きだしました。

「あら、どこへいくの？　じっとして食べていなさい」

お母さんの声は、春がきたような陽気の中で、どこか眠たげに響きます。

昨年の夏、この青々とした芝草の上を、いきなり母が裸足(はだし)になって歩いたのを思い出しました。

「誰も裸足でなんか歩いていないわ。やめてよ」

と私がいっても平気で歩き続ける母は、

「さあ、あなたも裸足になりなさい」

と促しました。芝草のところどころに寝ころんでいる男の子がこちらをみているような気がして恥ずかしかったのですが、思い切って裸足になると、とても気持がよくて、すべてのものから解き放たれて自由になった心地になりました。草の爽やかな匂い、足の裏をそっとくすぐる草の感触、すべてが生を讃(たた)えているかのようでした。

足許の黄色く枯れた芝草を眺めながら、早くまたこの上を裸足で歩いてみたいと思いました。

そのうちに私は、汗ばんできました。ＮＨＫのスタジオの中の暖かさを思い出しました。

テレビに出る時は、冬でも大抵ブラウスとか薄手のワンピースです。スタジオではふかぶかとした椅子にずっと坐っていて上半身しか映らないので、厚着をしていると太ってみえるということもありますが、局の中は暖房が入っている上にスタジオはいくつものライトで照らされるので、薄着でいても汗ばむ位なのです。

それにひきかえ我が家の暖房は、母と私の電気ストーブがひとつずつきりです。厚着をしていないと、寒々しい顔になります。

本当は、よく洋画にでてくる家庭のように、外はどんなに寒くても家の中では洒落た薄着をしていたいのです。デパートでお姫さまのような裾長の部屋着を眺めては、こういうのを着たいなあと思うのですが、そのようなドレスに電気ストーブの焦げ跡がついたら、いくら悔やんでも足りません。それに、見てくれるのが母だけだと思うと、つまらなくなるのです。もし私のだんなさまがいらっしゃったら、家の中でももっとおしゃれをしたいと思うでしょう。

数日前、新聞の第一面に、カーター新大統領の閣議の写真が出ていました。カーター氏はエネルギー節減のためホワイトハウスの暖房を十八度以下にするよう指示したので、閣僚は皆厚着をして出席、カーター氏だけが意気軒昂としていたと書かれていました。その記事を読んで私は、毎年冬になると母と交わす会話を思い出しました。

「もっと部屋を暖かくしましょう、ガスストーブだったらすぐに暖まるわよ」

というと、決まって母はこう答えます。

「電気ストーブが一番安全なのよ。それも、なるべくつけないようにするのよ。厚着をしていれば、電気ストーブはつけなくてすむのだからね。貴重なエネルギー資源を無駄遣いしてはいけないわ」

私は今年の冬は、暖房のことについてとやかくいわないでいました。それは、エネルギー危機がさし迫った重大問題に思われてきたからでもあり、また、ガスストーブはいつガス洩れ事故が起るかわからないという気がしてきたこともあります。歌手の山本リンダさんのお母さんが、ガス風呂で中毒死されたというニュースを聞いてから一層怖くなりました。リンダさんと私は年も同じ位で、家庭も同じ母一人娘一人の家庭と聞いていたので、リンダさんのお母さんの死は他人事でなく思われたのです。私の母はお風呂のガスにはとても神経を遣っているので心配はないのですが、台所で煮物を火にかけてそのまま忘れてしまい、お鍋を真黒にしたことがこれ迄に何度もあります。焦げる匂いや、ビシビシと煮物がお鍋にひっつく音に気づくのは、いつも私です。母は自分の部屋に戻って、押入れを整理したり、のんびりと本を読んでいるのです。私が、

「ママ、駄目じゃないの」

というと母は、

「大丈夫よ。お鍋を真黒にするのは、あなたがいる時だけなの。あなたがいるという気のゆるみがあるのね」

と答えますが、私はやはり心配です。

今年は例年になく寒気が厳しいのに、私は寒さを殆ど感じませんでした。部屋の暖房について母にとやかくいわなかった原因は、そこにもあるのです。ここ数年、冬になると必ずひいていた風邪も今年はひきませんでした。先日、学生時代の友達のHさんに電話をかけました。Hさんは風邪声でした。

「年末からの風邪が一ヵ月経ってもなかなか脱けないの。あなたは大丈夫?」

ときかれて、

「お蔭さまで。毎週『日曜美術館』に出るので風邪はひけないの」

と答えると、

「緊張していると、ひかないのね。私も勤めにでていた頃は、少しもひかなかったわ。奥さんになってからひくようになったのよ」

といいました。

会社も正式に退職しました。これからはもっともっとしっかりしなければと思いながら、私は左手に連なる裸木に眼をやりました。葉っぱが一枚もない裸木が、この上もなく美しくみえました。なんにもついていない、すべてを取り払ったもの、それがこんなにも美しいものだったとは気がつきませんでした。秋の終りに、木の葉が散るのをいたましく心細く思わなくてもよかったのだと思いました。私はコートを脱ぎ、黄色のブラウス姿になって歩きました。


(昭和五二・四)

空色のアルバム——あとがきにかえて

「十七歳のノート」は高二の三学期に、新潮社のSさんから勧められて書いた生いたちの記である。瀬戸内晴美さんからも、励ましのお手紙をいただき、母に相談すると、生まれた時から中二までの空色のアルバムを参照しながら書いてみたら、といってくれた。一ヵ月足らずで書きあげて、二月の寒い晩、Sさんにノートを渡した。

父の写真の前で、書きあげた報告をした私に母はいった。「あなたが十七歳になった今、太宰のこと、あなたの出生のことを、胸の底でどう思っているか、文章をとおして、あなたの本心を知りたいと思っていた」しかし私には、母がいうように、母にかくして胸底に抱いているものは何もなかった。なんの秘密もなく、私を育ててくれた母だった。

母は私のノートを読んで、安心したそうである。そして同時に、何かもの足りなさを感じたという。生いたちの記は「新潮」に掲載され、思いもかけぬ稿料をいただいた。おかげで私は、大学にも入ることができた。高二で短期間に百六十枚の文章を書きあげた私は、一人前の作家のようなつもりになっていた。

私はまた、自分は可愛い女の子だと思うようになっていた。母が、他の子のことを可愛いとほめると、かならず、「私はどうなの？」と迫った。しかし外では、そんなことを思っているとは、おくびにもださなかった。そんな裏表のある私に、恋が芽生えるはずもなかった。その虚しさに気づいたのは、ごく最近である。

二十五を過ぎて、なかなか恋人の現われないあせりが、母に、「私は可愛いわね」と念を押すことに拍車をかけた。あのころの私には、鏡に向って繰り返し問いかける白雪姫の妃を思わせるところがあった。

その愚かしい日々の中で、まぎれもない真実といえるのは、幼いころから変らぬ父への思慕の念だった。父のことを考えまいと思っていた一時期もあったが、その時でも、心の底では、私は父を大切に思い続けていたのだった。今度この本に収められている文章を読み返してみて、改めてそのことに気づいた時、私はこのエッセイ集の題を、どうしても『空色のアルバム』にしたいと思った。

昭和五十四年四月

太田治子

〔1979（昭和54）年4月『空色のアルバム』所収〕

P+D BOOKS ラインアップ

P+D BOOKS ラインアップ

P+D BOOKS ラインアップ

（お断り）

本書は1984年に集英社より発刊された文庫を底本としております。あきらかに間違いと思われるものについては訂正いたしましたが、基本的には底本にしたがっております。また、一部の固有名詞や難読漢字には編集部で振り仮名を振っています。

本文中にはお産婆、女中、外人、ニコヨン、アル中、坊主、屑屋、びっこ、精神病院、父兄会、未亡人、お妾、気がちがつた、女優、土人、部落、娼婦、女史、鍵っ子などの言葉や人種・身分・職業・身体等に関する表現で、現在からみれば、不当、不適切と思われる箇所がありますが、著者に差別的意図のないこと、時代背景と作品価値とを鑑み、原文のままにしております。

差別や侮蔑の助長、温存を意図するものでないことをご理解ください。

太田 治子（おおた はるこ）
1947（昭和22）年11月12日生。神奈川県出身。明治学院大学英文科卒業。小説家、エッセイスト。父は太宰治、母は太宰の代表作「斜陽」の主人公「かず子」のモデルとなった太田静子。1967年、紀行文「津軽」で婦人公論読者賞受賞。1985年、「心映えの記」で直木賞にノミネートされた。

手記・空色のアルバム

2024年9月17日　初版第1刷発行

著者　太田治子
発行人　五十嵐佳世
発行所　株式会社　小学館
〒101-8001
東京都千代田区一ツ橋2-3-1
電話　編集　03-3230-9355
　　　販売　03-5281-3555
印刷所　大日本印刷株式会社
製本所　大日本印刷株式会社
装丁　おおうちおさむ　山田彩純
（ナノナノグラフィックス）

ISBN978-4-09-352495-7

P+D BOOKS